风雨不欺少年郎

三千白果　著

人民东方出版传媒
東方出版社

策划编辑：孙兴民
责任编辑：邓文华
特约编辑：严雅萍　路　斌
封面绘画：徐海波　孔卫标
插画设计：杨　丽　罗　俊

图书在版编目（CIP）数据

风雨不欺少年郎 / 三千白果著. －北京：东方出版社，2020. 1
ISBN 978－7－5207－1450－1

Ⅰ. ①风… Ⅱ. ①三… Ⅲ. ①散文集－中国－当代
Ⅳ. ①I267

中国版本图书馆 CIP 数据核字（2020）第 004970 号

风雨不欺少年郎
FENGYU BUQI SHAONIANLANG
三千白果　著

東方出版社　出版发行
（100706　北京市朝阳区西坝河北里 51 号）

保定市北方胶印有限公司印刷　新华书店经销

2020 年 1 月第 1 版　2020 年 1 月第 1 次印刷

开本：880 毫米×1230 毫米　1/32　印张：10. 75

字数：180 千字　　印数：1－5000 册

ISBN 978－7－5207－1450－1　定价：68. 00 元

邮购地址　100706　北京市东城区隆福寺街 99 号

人民东方图书销售中心　电话（010）65250042　65289539

自　序

迟迟没有动笔写序。

不仅仅是年底事情多，还因为有着重重考虑：出本书就像才把一幅人体画作完成，眼神却还差一笔，眼中的光芒很难表达，是欣喜、兴奋，还是迷惘、期许？

不要意义，活着就是意义。记录下很多想法和放弃很多念头就是意义。

我 14 岁开始写文章，纯属少年心事的记录。初二时大胆尝试写了第一篇短篇小说《十四岁的困惑》，鼓起勇气给班主任看，所幸当时的班主任鼓励了我，使我对写字产生了更加浓厚的兴趣。另外一件事情很有趣，有次上数学课，我们的教室是平房，室外那些笔挺高大的杨树遮阴蔽阳，不远处碗口粗的柳树上趴着知了，此起彼伏地啸叫。我那少年的心，蠢蠢欲动，提起笔，在作业本上，写下："不想听课，想这个夏天……"也许是太过专注，数学老师走到身边都不知道。她拿起我的作业本，看到这一行字，便拎起书本的一角，用一种凌厉的声调喝道："不想听课，你想干啥？……想夏天？……你脑子进水了吧。”

……

后来，我对企业管理产生浓厚兴趣，并且在企业内不同的岗位上历练过。居然有十多年，除了那些涉及企业管理的文件，没有再动笔。这段比较长的时间，企业给予我太多的经历，感谢董事长和公司的厚爱和信任。我信奉做一个长期主义者，对过去充满感恩，对现在全情投入，对未来抱有敬畏。同时，我计划在2020年筹备与此书有区别的另外一类写作内容，即我所从事的关于房地产行业的种种思考，内容包括战略、管理、团队、文化、策略、趋势、创新、产品、服务……相信20年在行业摸爬滚打的经验，已经造就了一个“老司机”，这也许是人一生中最好的修行。

和很多企业管理者出书还是有些差别，我把写字当作日常工作外另外一个孪生数字的自己。“他”的思考方式和肉身的“我”融合而有差异。这种融合且差异，让现实的自己很兴奋，好比年少的时候，踩过浅浅的春天，路边是一簇簇嫩紫色不知名的花丛，目光深处是一直倾慕的她。所以，这本书不是系统的思考、顺畅的逻辑、入理的分析，而是有时像散文，有时是诗，有时是随笔，有时是偶得，读者的宽容和作者的自得成就了这本书。

我以为：

每件事情，不做生活的看客，不做自己的过客；

世间再美好，不全情投入，哪里来的未来可期？世间再丑恶，尚能置身三昧之外，不也云淡风清；

庆幸还可以白天破阵子夜晚西江月；

感恩父母一路披风沥雨，已然风烛却岁月不惘；

谢谢妻儿陪伴身边，妻未老，儿已长大；

一并谢谢为此书出版付出心血的出版社、我的同事和朋友！

一路够远，一路够近。

雪已下，都珍惜！

2020 年 1 月 10 日

目录

第一章/知欲而行

第一章 / 知欲而行

入境则迷

<1>

8 月中旬，公司做一场品牌发布会“度量时光”，试图用“时光”的深度和长度思考企业的发展，以及建筑空间与历史、生活、健康的关系。我要求公司同事，找到时下比较受大众欢迎的文化学者，我要的不仅仅是流量，而是有点真东西的名人。

同事和备选的一位名人的经纪人沟通时，对方并没有问发布会的主题，先谈价格，说你请某个明星也是这个价格？同事转达口信，我就说不要谈了，尽管我完全能够尊重并理解这种明码标价的交易，但我内心里对“文化名人”和“明星”还是有“分别心”的。既然我做不到对待所有人和事情没有“分别心”，不请，我还是有自由的。

另外一位，我很认可的梁冬约到了。10 年前和梁冬有过一面之缘，那时他没有当下的盛名。他在北京老胡同里张罗了一个中医馆，我不懂中医，梁冬给我普及中医的重要性，并安排一个老中医给我的身体做基本检查。其中一个动作是“大背摔”，只听得脊椎“咔嚓”一下，我以为被老中医给“诊断”骨折了，正惊慌失措时，他说，没事了，回去吧。我居然感到全身无比舒展、清爽，连连称奇。

不过那一面之后，再也没有见过梁冬。后来断断续续，听梁冬讲生命，讲中医，讲睡觉，采访各类名人，围绕着能量、生命质量，探讨一些听上去玄而又玄，其实细细琢磨，似乎又是我们未知、不知和求知的话题。

发布会上，他提到了他之前做过的一个节目《生命·觉者》。这个节目，我基本看全了，有讲“人生的根本意义在于意识能量自由度，生命的自由来自意识维度的提升，看待世界的维度不同，认知度和自由度就不同”的北大教授刘丰，有讲“人类可能是某种高维存在设计的实验品”的华大基因 CEO 尹烨。对以上一些说法，我暂时还不能洞悉，但是深以为然。

梁冬说，他采访过很多科学家、艺术家和政治家，问他们什么是生命，其中一个回答让人深思：“生”就是变化，“命”就是版本，对于当代人来说，生命就是如何呈现自己的生活变化以及不断切换自己版本的过程。在朋友圈里、微博里，每个人、每一天都是不同的版本，前人也许会因为信息闭塞、交流单一，在不同的角色里切换而分裂。但是，是不是可以说，当今社会，能够切换不同版本的人生、不断呈现生命变化的人是更高维度的智慧？尽管梁冬是一个调侃，但是，我以为，我们其实都有点精神分裂的症状，经常转换在各个角色中，在不同场合说着不同的话，用“分别心”对待着不同的人和不同的事情。尽管有时，这种“分别心”自己也不赞同。

因为在梁冬讲完，就得我上场，脑海中不断火花般地浮现演讲词，让我没能全神贯注听梁冬的观点。不过，我从听众的反应中体会出，他把生命质量、连接和我们要表达的主题很巧妙地结合在一起了。

<2>

前一段去医院，看望了一个朋友。医生隐晦地说，时日无多，有什么愿望就尽管去实现。

他豁达地和我说：“能有什么愿望？该去的国家都去过了，该享用的物质都享用过，该买的东西都买过了。这个时候，最想念的是小时候，在家乡时邻居阿姨炒过的一碗桂花泥。那个味道，再也没有闻到过。”

说到一半时，他接了一个电话，公司的事情，要他决策，他中气十足地讲了有 10 分钟：找谁去谈，合同怎么签，交易结构如何，签约时要他儿子出面代表公司等等，安排得井井有条。

离开医院的时候，他问我：“都是一个结局，为什么还会放不下？还会如此拼？”

这个问题，我回答不了。

有同事问我类似的问题，我也似是而非地说：“读时似悟，入境则迷。”

我想大概就是这个样子。人生四季，酸甜苦辣，该苦时候苦，该拼时候拼。不拼不苦不修行，苦恼更多，因为你想不通啊。想不通，就容易行为慌乱，慌乱了，事情就没有结果。一件事情偏离目标，两件事情不能完满，更多的事情叠加在一起，一个人的能量场就开始紊乱，恶性循环下去。

很多真修行和假修行的人都和我讲过，万般带不走，唯有业随身。我以为，下辈子是下辈子的事情，这辈子“业”没有修好，何谈下辈子？所以，这辈子仍然不敢丝毫松懈。

抱朴守拙是中国人对待世事无常的最好办法。

世事无常就是“生”，不断变化；世事无常就是“命”，不同版本。

有次和同事晚上聊天，他说：“看看夜色下匆匆忙忙的这些人，都是怎么样的故事和怎么样的生活啊。真想成为他们，体验一下不同的人生。”其实都是一样的，你在窗边看风景，无意中也成为别人的风景。这个“风景”总是在变化和呈现出不同的版本。

不断变化和不同版本就是我们的生命啊！

知欲而行

<1>

在北方待得多一些，对暴雨、台风感受不深。上个周末，和同事计划从上海出发，到杭州，至南京，考察几个项目。

到达上海时，台风“利奇马”前哨已经到沿海地区。正在谈事情的时候，同事告诉我，往杭州的高铁停运，我们立即决定租车前往杭州。大雨滂沱，到达杭州已深夜。然后开始合计接下来的行程，杭州到南京的高铁几乎全部停运，少数运行的已然没票。再看从南京回北京的飞机、高铁全部停飞、停运。所以，我们临时决定，在杭州考察完，即刻租车往合肥开，取道回北京。途中和同事在合肥大吃一顿百虾宴，店外倾盆大雨，店内虾皮一桌，巧手翻飞，忙中偷闲，好不惬意。

我们在杭州考察的目的地是个养老项目，一个有情怀的老外投资，当初认为中国缺乏对高端养老的实践，需求却旺盛。买了地、建了房，运营不下去。完全是一种美式思维，不到60间房，一层公区全是公共空间，诊疗、护理、美容美发、健身、餐厅、会客等功能一应俱全，每层还配有老年人的SPA。客户定位，既有健康活力老人，又有半介护老人，还有对失能老人的考虑。

这笔投资注定夭折，像这突如其来的暴风骤雨一样。

我们离开的时候，特意驻足在大厅里原本精心设计的玻璃鸟笼外，笼里不知名的观赏鸟，失去了活物的生气。

<2>

关于大雨的记忆不多，想起初中时，经常留下母亲给的早餐钱，大约半个月就能买本书。一个周末，天阴沉着，写完作业，从笔记本里一页一页抽出毛票，凑了不到三元钱，骑着自行车跑到新华书店。很多书都想买，犹豫再三，抱着奥古斯汀的《忏悔录》走出书店。这本《忏悔录》不是卢梭的那本，也不是托尔斯泰的同名作。我猜想，奥古斯汀的这本是后来所有《忏悔录》的母本。

卢梭的《忏悔录》，我后来仔细阅读过，也许是因为翻译的缘故，我不太喜欢。书中卢梭把自己所有做过的坏事、恶念、龌龊，都一一展开，后来却又辩解说，他之所以这样，是外在的因素造成的。我始终认为，人确实是个复杂综合体，所谓的“坏”是偏离标准的法律和道德，放大自己的一些复杂、困惑的情绪，统统归咎于“坏”，然后去忏悔，似乎对“忏悔”也不太公平。

买回奥古斯汀的《忏悔录》，回家途中，伴着肆虐大西北的黄沙，豆大的雨点噼里啪啦从空中砸来。我一边狂蹬脚踏板，一边把书藏到T恤衫下。不过到家时，这本书还是被打湿了。直到现在，这本书已经辗转被我带到北京，静静躺在书柜深处，封面还有残留的雨渍。

那个时候，我是看不懂这本书的。不过正值少年，本身就迷惘困惑，乏味的生活和枯燥的精神世界，就像暴风雨前的阴霾，如果没有一场酣畅淋漓的大雨，就无法抚平喘不过气来的心脏。这本书是我期望的那场大雨。

《忏悔录》是自传。作者奥古斯汀青年时是浪子和异教徒，上大学前他无所事事，放浪形骸，随波逐流。直到而立之年受到基督教影响，在复活节受洗成为基督教徒。在这本书中，从求学、游玩、爱欲、友情、生死……都历数内心的不解和自身的感悟。

有人说，奥古斯汀后来成为圣哲，一定是“一只梨”引发的。他重点描述过这件事：少年时，奥古斯汀和同伴一起去偷别人家的梨，其实不是他自己家没有，也不是他家的梨不如别人家的好吃，反正就不想吃自己家的，把别人家的梨偷来吃，就觉得很好。这和我们小时候恶作剧，去掐死人家的小鸡崽，溜到学校后边的玉米田装一书包苞谷何其相像。

<3>

这些人为什么要忏悔？一定是做了错事、不恰当的事。为什么会做错事、做不恰当的事？成因是什么？可能，就是伴随着人的一生的“欲”。

“欲”是什么？“欲”是人的本能，“欲”有善欲、恶欲和非善非恶的欲。

食欲、色欲、财欲、成就欲、能力欲、占有欲、破坏欲……欲望的动因，各不相同。人的“欲”是无法被满足的，走路的时候，想有自行车，有了自行车就要有汽车，有了汽车，就想有飞机，区别在于是否实现。

那“欲”是好事，还是坏事？没有“欲”，社会不会进步，技术不会发展，生活不会改善。“欲”太盛，燃起烈火，就出现了违背道德，触犯法律，偏激纠结。只有不断修行，不断进阶，“欲”对人的成长才会变成正影响，反之就是负影响。

基督教认为，贪欲导致了人类的堕落，亚当和夏娃本来无忧无虑地生活，却受魔鬼的诱惑而偷吃禁果，结果被逐出乐园来到人间。欲望产生祸患。在基督教的教义中，人只有克制自己的恶欲，才能获得升华。

印度很多教派，到现在也倡导苦行，泯灭一切欲望。

中国的儒家也一度认为，“存天理，灭人欲”，灭一分欲望，增一分天理，当然后来又有所变化。

释迦牟尼在成佛前，“或日食一麻，或日食一粟，身形消瘦，有如枯木”。后来，他悟到，苦修不是成佛的正道。

中国的道家，讲究“人法地，地法天，天法道，道法自然”，对“欲”不要堵而是疏。

我觉得，我是很幸运的，在很久以前，就去思考这些问题。当时我不清楚为什么烦恼，为什么很多事情想去做却做不到，更不清楚之后有机会离开家，会对自己未来有什么期望，现在看来是一种求知欲在支配自己。

不怕念起，就怕觉迟。

<4>

先看了《忏悔录》，再读歌德《少年维特的烦恼》就容易得多，我相信没有多少人比我更早读这本书。

少年维特最后的自杀，源于对绿蒂的爱而不可得。爱就那么简单，来得热烈，来得纯粹。

而爱，也是人的欲望最重要的组成部分。

对于这些“欲”，我们的“五根”注定不会清净。很多的眼，见到的不信，没有见到的不敢信；很多的耳，听到的不加辨别，没有听到的却充满迷惑；很多的鼻，贪恋芬芳的气息，厌恶一切腐朽的味道；很多的舌，没有人不说人，没人不被人说；很多的身，既是属于自己，也不属于自己；没有不对的“五根”感知，只有不同修行的“五根”。每个人都有“五根”的欲望，这种欲望有合理的，也有放纵的。

修身齐家治国平天下，是一种实现理想的欲望。每个人都有成功的欲望，这种欲望有积极的，也有肆意的。

我们必须承认，年少的时候，常常不知道自己想要什么，所以就夸大自己的烦恼。我的途径就是在书籍中找到一些启示，很多时候找到类似的经历和遭遇。找不到答案的，就长时间留在内心深处；成人之后，就把一些早期的想法、愿望付诸实践，能写的就写出来，不能写的依然藏在心里。这就是“欲”的驱动力和克制力。

“天下熙熙，皆为利来；天下攘攘，皆为利往。”无意于评价对和错，更何况也同样置身其中。只不过，没有暴雨来，就匆匆赶路；有暴雨来，就安处其中。

我们不要做笼子里的那些鸟，一定要澡雪精神，知欲而行。

一真一切真

<1>

我喜欢看两个企业家的访谈：一个是李嘉诚，一个是任正非。

像李嘉诚这样的企业家，永远是个多面人。所以，有人崇拜他，是因为他的奋斗史；有人恨他，可能是因为他拉大了香港的贫富差距；有人艳羡他，他每分钟挣到的钱是很多人一个月的收入；有人赞美他，因为捐赠太多医疗和教育事业；有人痛斥他，在内地经济需要支持的时候，他撤资影响了很多人的信心。在这个人身上，处处是矛盾的人性和行为：他有寸土寸金而处处豪华的办公室，他本人却十年如一日地戴着一块100美元的手表；他在香港时常彰显法治，营救自己儿子却选择不报警；早年受尽苦难，晚年供奉三宝法喜众生。人性之复杂，无以言表。

2017年，在他捐赠的汕头大学发表演讲时，李嘉诚说："我明年90岁啦。一生志在千里，也知似水流年；我年轻过，历尽困难磨炼，深刻知道成长之路是非常不容易的；

在高增长机遇巨浪中，愚人见石，智者见泉。”

任正非，目前更是在风口浪尖上。20 年前，就学他的“拯救这条船的唯有你自己”！当时根本不懂：这是啥意思？是正常思维的人说出的话吗？现在明白了！拯救这条船的唯有你自己。

最近，他接连接受国内外记者采访，他自己说，他不愿意接受采访，但是现在被“堵枪眼”。

他说，我的结构性思维不够好，经常说话没有逻辑。

他说，商业是商业，不要煽动狭隘的民族情绪。

他说很想念自己的女儿，平时专注研发，研究企业，对政治没有关注，和家人的关系处理得不好。

他说，企业每天面临的，除了困难，还是困难，全是困难。

只要是公众人物，说什么都受到监督。华为不是上市公司，比上市公司还受关注。

任正非老爷子，一身正能量，表达的观点理性、客观、性情、有骨气、不偏执。我以为，就是个“真”字。说出的话，是自己的观点，代表自己的立场，做到了“一真一切真”。任正非带领的华为，让世界头号强国举全国之力来制裁，没有一股“真气”“真本事”，如何能做到？

<2>

同事送我一个铜制“佛手拈花”。这个典故，我小的时候就阅读过。

在灵山会上，大梵天王以金色婆罗花献佛陀，并请佛陀说法。可是，释迦牟尼一言不发，只是拈婆罗花遍示大众，意态安详。所有神都不能领会佛祖的意思，唯有佛陀的大弟子——摩诃迦叶尊者妙悟其意。破颜为笑。于是，释迦牟尼将花交给迦叶，嘱告他说：吾有正法眼藏，涅槃妙心，实相无相，微妙法门，不立文字，教外别传之旨，以心印心之法传给你。

我不想故作高深，每天俗人俗事，哪有那么多的渐悟和顿悟？目标要完成，任务要领走，销售要业绩，结果要达成！

不过，这样的物件摆在办公桌上，确实让人心里安静许多。

一个年轻的同事，汇报完工作时，又说：“能不能再找您聊下？”

“刚才不是说完了吗？”我厉声道。

“不是工作，想汇报一下，工作很憋屈！”他说。

许是我还处在刚才的工作状态中，我立即说：“哪来那么多憋屈？在哪里你不憋屈？今天这憋屈，明天那憋屈！回去把业绩干出来比什么都强，把注意力放到结果上！不要脆弱得像个瓷瓶！”我一通说教，同事只好悻悻而回。

等他走出办公室，我转念一想，你经历过的事情，他们还没有经历过；你想通了的事情，他们还没有想通。都是那棵树上无穷无尽的叶子，不知道什么时候，因为风起、因为雨急，由于某种不知道的原因，飘然落下，都是必须经历的过程。

佛手为什么要拈一朵花儿？

我们似乎要对这个世界报以微笑，他等待的应该也是微笑。

不过此刻，暴风骤雨最有效。

<3>

好朋友说起一件事情。

他正在上某个 EMBA 课程，其中有一节课，要求写写自己的遗愿：看看如果离开这个世界，还有哪些留恋和未完成的心愿？朋友是个连续创业者，乐观派，既然有任务，就写了一堆，把本子放到副驾驶座位上。中午回到公司，他的助手开他的车出去加油。

没多一阵子，他的助手就匆匆忙忙跑回来，支支吾吾地问：“老板，遇到什么事情了吗？”

“当然没有！”这是他的回答。

“最近公司遇到很多事情，不会想不开吧？”他的助手问，接着说，“我看到你写的遗愿了。”

他是讲段子一样地描述这件事情，我觉得我完全能够理解他，写遗愿不是一个功课，以我这位朋友的性格，坦然地面对生死，完全不令人意外。

是不是要趁年轻的时候，认真地思考这个问题呢？

《遗愿清单》那部电影中的主人公说过，活着的人活着，像永远也不会死去一样；而死去的人死了，像永远没有活过一样。生和死是永远无法沟通的两个世界，因为永远无法沟通，所以，由生到死的这个过程，才显得那么意义重大。

其实，我一直觉得，没有什么叫作意义，活着本身就是意义。最近，我看了一些视频，关于人生的高维思考、基因的编程、微生物菌群交换与融合……我发现，从我们未知的领域去寻找一些生命的意义，纯属娱乐而已。而我们真真切切，有血有肉地“活着”本身就如此欢欣和喜悦，这就够了。

我们做的每件事情，将来都有可能是我们人生的遗愿，更是人生的组成部分。

<4>

生活中似乎有很多“定律”，其实也说不太清楚，但是确实又是这么回事，很奇妙也很奇怪。比如，开车的时候，你总是感觉你所在的车道行车比两边的车慢，等你超车到了另外一个车道上，你又发现刚才所在的那个车道的车比你的快，于是你就又超车。再比如，一个平时总是做好事的人，没人表扬，只要做一件坏事就会被发现；而一个人品行不太端正，只要做一点好事，大家立刻觉得他改变了。于是，可能会有人想，既然做好事无人表扬，做坏事大家无动于衷，那就无所谓了吧。再比如，你和朋友聚餐高谈阔论，说自己身体有多棒，结果第二天就发烧了。

我认为自己还是一个比较守交通规则的人，每每遇到乱并线、乱停车、乱往车窗外扔垃圾的现象，总是无奈而只能接受。于是，告诉自己，不要做这些事情被人骂。有一次，我正在开车，车速很快。一个紧急电话打进来，我就接了电话，精力不能集中，于是，放慢速度在路边停了下来。这条路平时总是违章停着很多车，尽管交警不断贴条，也没有大的改观。我边接电话，边停到两辆车中间，打开车窗，回复电话。结果，这时居然有辆车，并排停在旁边，说：“喂，这里能停车吗?”我本能地说：“不能停！”他极不客气地喊道：“不能停，你还停！”

我无语：是的！我确实不应该停。可是，我只停了这一次，就被人指责。

有点沮丧，有点不爽。

自心取自心

<1>

清明节。天气也很应景，灰蒙蒙的，似乎是低泣。

想起上一次，跪在外祖父母的坟前，我肢体僵硬地在寒风中默默回想姥爷在世时的点滴。我看到，我母亲的弟弟，也就是我的舅舅，拿起一块布，行动敏捷，动作熟练地擦拭墓碑，嘴里就像和身边人讲话，哄老人开心那样，低声念叨着，目光专注，神情肃穆。那个情形，明白吗？我觉得自己怎么也做不到那样自然而然。

我知道，那是经历了一辈子的酸甜苦辣，和他的父母同甘共苦的情感流露，别人无法替代。

《论语》说：“父母之年，不可不知也。一则以喜，一则以惧。”大家都说，父母在，故乡有来路；父母逝，故乡没有去途！子女的来路，是父母铺设的，子女的去途，是父母的牵挂。

人生的归宿无非如此，为什么一辈子还是匆匆忙忙？

我是谁？我从哪里来？我往哪里去？用时间去衡量，

不过是同一个月亮下万千肉体的自我哀怨罢了。

人类繁衍数十万年，枝枝叶叶，繁盛茂密；一辈一辈，历经战争灾难，我们居然还能在盛世中继续血脉传承，除了不得其解之外，感恩是最重要的。所以，清明节，看上去是祭祀、怀念，其实是感恩，感恩先辈，感恩时光，感恩命运，感恩当下。

人理智上知道亲爱的人死了就是死人。可是情感上，希望死人能够复活，希望有个灵魂会继续存在于另外一个世界。

我们无法想象，先辈在世的时候所经历过的那个时代和他们的感受，全部都已经烟消云散。

和永恒的时间比，我们当下活着，就应该好好地活着，活着为自己、为家庭、为社会创造价值；死了留下印记，直到世界上最后一个知道你活过的人也死去。这也许是我们的终极理想。

清明时节，“向死而生”的朴素认知藏在内心深处，“向阳而生”是活着的人对“活着”最好的救渡。

< 2 >

因为总是出差的缘故，住酒店成为必修课。

可是我对酒店实在没有什么兴趣，每次到各个城市去看地、看项目，回到酒店最早也得23点，早上8点前要离开，所以住酒店实在有点奢侈，可是不住酒店，住哪里呢？

不过，我几乎积攒了所有住过酒店的门卡，算是过往生活的某种记录，尤其是国外的酒店，时间久远，有的已经认不出是哪家酒店的门卡了。

不太愿意去广州、深圳的酒店，无论什么星级，空气中多少弥漫着一些异样的气息。几次在广州，刚洗漱完，电话就打进来，问你是否要某种服务。我想，酒店外泄了客人的信息。

不喜欢色彩过于浓烈的酒店。在上海开公司研讨会，住过一个以“红”为主题的精品酒店，超过一个小时，你会觉得自己要失明，看什么都是红彤彤的。

在北京卧佛寺和九华山以“禅”为主题的酒店，静心、素雅，但是不知道为什么这类酒店上下水总是搞不好，屋里一股潮味。

最不安全的，是巴黎市中心一家酒店，门口站着一堆光着膀子全身文身的青年，对过往的人报以不友好的表情。

在富士山下住过最舒心的酒店，屋子很小，窗外白晃晃的雪唰唰地下，早上居然让我多睡了一个小时。和同事反复强调纪律，强调守时，结果那次让同事们等了一个小时，直到现在都很自责。

很不喜欢香港的酒店，心静不下来，室内的局促，让人有“幽闭症”的恐惧。

以为我在说酒店吗？其实不是。

还是在非常年轻的时候，上高中的时候。

那个简陋的酒店。

嘴里含着一个人的名字。你等她从对面的客房出来，走出那一层，站在一簇簇说不清楚名字的花儿前。盛开的不是花儿，盛开的是她。

你的记忆里是白色的衬衫，花格子的裙子。

她旁若无人赏花，你也目不转睛。

你心里想，等长大了吧。

现在你想，等老了吧。

在那个透着光芒的木格栅屏风的后边，隐隐地感受到，根本就没有开始过的离别，更让人心痛。

有些人，有些事，不必写得太细致，因为那一刻，一树花香！再也没有去过那个酒店，不知道风里还有没有那些味道。

<3>

重读苏东坡和佛印的禅机故事。

一日，苏东坡和佛印在林中一起打坐。

半晌过后，佛印看苏东坡打坐一动不动，姿态庄重，缓缓地说道："你就像一尊佛像。"

苏东坡闻言后，心中大喜。他见佛印的袈裟拖在地上，心中想到一物，不由有些好笑，于是对佛印说："大师像一坨牛粪。"

佛印听了，只是微微一笑。

苏东坡暗自得意，兴高采烈地回家并将此事告诉了苏小妹。苏小妹听完后，叹道："有经云：心有所想，目有所见。佛印心中有佛，所以看你才像佛；而你看他像一坨牛粪，说明你的心中是一坨牛粪呀！"

又有一日，苏东坡认为自己佛法精深，写下一首诗："稽首天中天，毫光照大千。八风吹不动，端坐紫金莲。"

写完后，派了一个书童过江，将这首诗送给佛印品赏。

禅师看后，笑了笑，当场拿起笔，批了两个字："放屁"，然后让那书童将此带回。

书童带回。苏东坡打开一看，见是"放屁"二字，哪里按捺得住，立即过江找佛印，准备与他理论一番。

当他到金山寺时，佛印早已在江边等候多时。

苏东坡见了佛印，立即怒气冲冲地指责佛印。

佛印听完后，哈哈大笑起来，说道："东坡居士，你不是说自己'八风吹不动'吗？怎么'一屁'就过江来了呢?”

故事是否真实，不去考证。

理解“自心取自心”就行了。

现代物理学认为，物质就是能量。我对物理一直都是外行，物质为什么是能量？能量不是虚空的吗？是看不见、摸不到的。房子是能量吗？那些花啊、草啊、山川大河是能量吗？

我们的世界也是一个能量？我们活在能量中？原来我看到的同事、火车、建筑……所有的一切都是一束一束振动的能量组成的？

想着，想着，会有一种要羽化的感觉。

据说有个心理实验。

两个死囚犯，张三李四。当着李四的面把张三的动脉割开，半个小时以后张三死了。轮到李四了。把李四的眼睛蒙起来，然后用刀背轻轻地割一下子，并没有割破。再用热水，顺着他的手腕滴答滴答往下流，半个小时以后，李四也死了。李四是身死，还是心死？是心死。他认为跟张三一样他也会死。

意念自己可以吓唬自己。当然自己更能壮大自己。

我不是唯心派，人的幸福、成功，一定不是想出来的，但是我一直坚信，人不能有恶念，不应作恶，更不要花时间去和那些有恶念、纠缠不休、负能量满满的人周旋。他会拖累、抵消你的正能量、你的幸福感和减缓你追求成功的速度。我们需要做的事情太多，前进的路上，有太多的苦难、挫折，和他们纠缠，和前面那个心死的人没有差别。

鼓励自己做一朵自然开放的花儿最好。

鼓励自己做一个夜行的路人而不感到恐惧最好。

鼓励自己做一个攀登的勇者而不退缩最好。

去发现一只正在飞的蝴蝶，

去观赏一树花如雪的樱；

去表扬工地上踩着泥泞、辛勤劳作的工人；

去赞赏遇到灾难、逆行跑进火场的消防员；

问问自心是否映射了壮大的力量？

一到有点空闲的假期，于我，是很慌张的，不是矫情，是确实如此。孩子已是少年，不需要爸爸的多言，或者说不太习惯爸爸多言，而这丝毫不减少父子之间的感情。半夜我蹑手蹑脚地走近他，摸摸他的头发，而他在迷糊中说一句：“爸爸回来了，做个好梦！”然后酣然大睡。

于是看书。

于是约同行谈事。

于是记录一些马上就要散去，还存留在意识中的自心。

行春风 得秋雨

还有两个工作日就正式放假，节前最后一个会开完，已经到 22 点 30 分。

办公楼里开始安静下来，平时即使到了凌晨，也不觉得有这么安静。

<1>

先说上午的事情，9 时，因为一个合作的事情，拜访业内同行。

刚刚经历过一些巨大波折，这位董事长却始终面带微笑。谈及此事，我说，做企业总是九死一生，劫后重生罢了。

他点点头，继续谈业务，淡淡的。

我知道，没有一个真正的企业家不是静海深流，没有一个真正的企业家是不经历黑暗时刻的，只不过，他们相信还有屋外的满天繁星。

这天在公司的时间，陆续有不少同事来办公室。有的天天见，有的可能很久也不见一面，恰是这样的年关，交流几句。

今夕为何夕，他乡说故乡。

中国人，天大的事情，过了年再说。

“给您提前拜个年。我请假回家看望父母，年龄大了，没在身边……今年定一个新的目标，再深造一下！”

“小朋友一年没有见爷爷奶奶了，回去团圆……1 月份读了两本书，希望每个月都能坚持下去。”

“去趟澳大利亚，把孩子上学的事情搞定……今年要每天坚持走一万步左右才行。”

“票不好买，要提早走……不过工作不会耽误，都在微信群里招呼呢！”……

总结大家的话，是和健康、成长、幸福、学习、家庭有约。

傍晚，和核心成员开了一个轻松的“民主生活会”，居然发现，一起工作最短也有 3 年，最长 10 年的同事，竟没有私下一起吃过一顿饭。

其中一个说：“我们对自己是够苛刻，我们真的没有时间在一起吃顿饭吗？”另外一个同事说：“我们到底还能不能成为想要的自己？”

我问他："想要的自己是什么样？"

他沉吟片刻，居然没有说出来。

似乎和当初的设想早已不一样。

<2>

19点。

开始布置2月份的任务，现场参会的还是不少，连线参加的也不少。即使还是在惦记过年，每月要完成的目标，丝毫不能因为是2月而减少。

评估、复盘、策略、方法、要求……

这些事情不做，节后回来全是坑，剩下的11个月一定更难过。不过，火热的工作场面，掩盖不了胸腔里更火热的年味。

<3>

23点30分。

只有这个时刻，我和我，只差一首诗的距离。

你需要什么，你就要不遗余力地去创造什么！

比如，想加快回家的步伐；比如，想念远方的爹娘；比如，从来没有去过的地方。

合上电脑时，突然想起了刚刚去世的林清玄。高中的时候看过他很多书，虽然不太喜欢，但他豁达、恬然、自嘲、语如冬阳的笔触，让我觉得是成长过程的助力。就像在山谷石砾的道路上骑行时，看到旁边一个路人，一身素衣，健步如飞。你心里一动，依然前行。那个影子一直存留在内心的某个角落。这样的影子和助力，在人生中会遇到很多，有的灿若明光，有的微为萤火，但都是生命的组成部分。

那些漂流而过，而且必将一直漂流的精神场域，汇集的就是自己努力创造的未来。

记录下这些片段，我知道，此刻最好不讲奋力拼搏，最好不讲沙场擂鼓，最好也不讲年后再战！

就讲几句吉祥话：

2019 年，愿新年胜旧年，芳筵沉醉，行春风，得秋雨。

正念的火焰

<1>

年底事情很多，每一个部门都在制定明年的规划。由于白天有各种会谈、见面，没有整块的时间，就安排晚上集中汇报。

每件事情，我从来是不让一个人来汇报的，一定是团队，或者是参与者，或者是具体执行者。一个是多听听同事们的意见，另外一个也是发现人和培养人的过程。

每次汇报就会有不同的情形出现。

汇报的人不必说，一定不会有懈怠；坐在一旁的人，有的全程聚精会神，时不时也补充一下，阐述自己的观点；有的看似坐在那里，其实身在神飞，不知道想什么；还有的人，一会看一下手机，一会回下微信。

有一次，我问：“你为什么不仔细听?”他赧颜说：“抱歉，还有很多工作没做，得一心多用哈。”

想说的是，我们都是活在下一刻的。匆匆吃早饭，即刻要开工；这个会谈完，还有下一个会谈；这个活动完，还有下一个活动。

之前，有人给我推荐过，说你每天忙忙碌碌，去体验下“正念”的课程吧。比如心无旁骛地禅修；比如专心致志地吃一粒葡萄；比如身心合一地读一段文字；再或者，静静等待一朵含苞待放的花骨朵绽放。

其实就是吃饭的时候就吃饭，睡觉的时候就睡觉，专注吃饭、专注睡觉。

人的烦恼大体是来源于欲望，欲望无边。调理自己的情绪、控制自己的欲望，确实是应该在欲望苦海中修炼“正念”。

但是，我对那些总是说“要活在这一刻”的观点，并不是完全认同。

现实的的确确是无数个“这一刻”组成的，但是终究会成为“上一刻”或者“下一刻”。你能完全忘却“上一刻”带来的欢乐、痛苦和思考？或者不去考虑“下一刻”可能需要面对的决策和选择？

实际上是做不到的。

当然，我并不是说，在“这一刻”要三心二意，边听音乐边写报告，而应该是脑子飞速急转，把这一刻需要呈现的结论，前因后果都思考清楚，专注于一件事情的结果。不为过程纠结，不为结果懊恼。

我认为的专注，是专注到结果上，而不是要专注在“这一刻”本身。有方向，就一定坚韧，不放弃。

我认为的“正念”是，云含水，水变雨，雨落地，再蒸发的“正念”。比如前面提到的同事，做这件事情的时候，应该专注这件事情的周延、更多的可实现性，而不是稀释了当下的注意力。

<2>

四十本来应该不纠结、不困惑、不迷失，但还是一样地纠结、困惑、迷失。因为外在世界一直在纠缠你、在迷惑你、在诱使你，所以就一直“惑”。

其实也简单，明白了社会，明白了他人，明白了情感，不给社会添乱，不给他人制造障碍，不给情感找借口，就不惑了吧。

有些事情想明白便罢，想不明白，就专注于自己的目标，也许就是释放的最好办法了吧。

<3>

12 月 8 日，应邀参加北京当代芭蕾舞团十周年作品展演。我们的企业一直致力于绿色教育的运营，社区的孩子们对特色教育更是有强烈的需求，所以和王媛媛团长有很

多合作。

但是，我并不是想说合作。

芭蕾舞，我一直以为是曲高和寡的艺术品类，殊不知有那么多人热爱。

而最热爱的那一个，一定是王媛媛。虽然平时不是频繁接触，不过，凭我的直觉，她是那一类把事业和爱好结合得很好，而且沉浸其中甘愿“中毒”的人。

媛媛团长朗诵的时候，你听不到一丝杂音；媛媛团长在讲述舞剧片段的时候，任何周边的嘈杂都不会打扰到她。

“10 年前，也是这样一个冬天，当我打开梦想的那扇门的时候，并不知道实现的过程会怎么样。我只看到，梦中闪耀着五彩斑斓的星光，我认为那就是梦想的颜色，虽然看上去很模糊，但是我还是朝那个方向飞奔。”

比如《野草》片段：

我不过是一个影，要别你而沉默在黑暗里了。

黑暗又会吞没我，然后光明又会使我消失。

我不愿彷徨于明暗之间，我不如在黑暗里沉没。

比如《毒》片段：

破开黑色泥土，烈日多么绚烂。

我就是映着日光，绽放迷离的色彩。

我展现这世上最美丽的花瓣。

我散发最诱人的香气，
谁都想要靠近，沉醉，
我可以抚慰你的伤口，
让一切悲苦，远离你。

挺立的足尖、大红的裙摆、协调的舞姿……既有黑与白的冲突，又有罂粟花般的灿烂。

我不知道现在还会不会有这样纯粹的舞蹈，从演员的眼睛中，看不到功利，看不到金钱。

功利很实际。

金钱也重要。

他们专注的是对舞蹈的尊重和对艺术的极致要求。

有些事情，这一刻、这一刻、这一刻……每一刻都做到最好，那一刻的结果就来了。

活在哪一刻都不重要，重要的是真实，重要的是专注，重要的是体验。

我说的“正念”，就是燃烧在体内的信念，不会熄灭的火焰，哪怕在冬至日盼望着一场大雪。

谜一样 落笔才心安

<1>

周日，在公司连续开了三个会，见了四波人，晚上和一群有理想的人晚餐，然后就突然耳鸣。似乎到了某个年龄，身上的小部件总是时不时出点儿故障，提醒你要做保养了。

耳鸣实在让人烦躁，仍然在和别人对话，仍然面带微笑，但是对面的人的声音，时断时续，谜一样，似乎视力都模糊了。

你肯定不能讲，对不起，您先暂停，等我恢复听力。

有趣的画面就这样出现了。你努力跟上他的思路，判断他的说法。

你根本无法预料某个时点，会有什么状况出现，而这种状况一定不在你的计划中。

我想，所谓一切都可以在你的掌控中，其实“一切在掌控中”的只是你自己而已，再加一个人进来，一个外因进来，你面对的就是一个又一个的不确定，谜一样。

比如你原定上午 9 点会客，结果他迟到了。在等他的半个小时里，你叫来团队，就某个项目一直没有决策的事项进行短暂讨论，然后告诉他们，这个事情就这样定了。

如果客人 9 点准时到，你们开始会谈，会谈后因为别的事情就没有和团队去讨论那个需要决策的事情，结果是否还和原来一样呢？谜一样的事情。

我经常去外地出差，总是在尽可能短的时间内飞回北京，能当天回，就不在外地住一晚上，因为第二天还得早上起来再飞，会耽误很多事情。不过我一直搞不清楚的是，前一天晚班机回来或者第二天早上再飞，到底是提高了工作效率，还是因为肉身在不同的地方而对接下来需要做的事情产生了奇妙的影响？谜一样的事情。

<2>

有一天，晚上陪孩子去公司附近的商场里吃牛排。路过一个舞蹈教室时，一面大玻璃，透过去，每个人都全情投入，舞姿有点儿摇曳。一排女生中，居然看到了公司的同事，一个平时做事果断形象粗犷的男生。如果不是在这里看到他，根本无法想象一个爱踢足球、猛扣篮球的人，也热爱这样的舞蹈。我清晰地看到他脸上的汗珠，平时工作也认真，应该做什么都认真吧！在走过去的那一刻，我

知道他也看到了我。过了几天，我去他所在的部门开会，他露出不易察觉的腼腆，说：“您看到了。”

“很好啊，坚持!”我回答。

<3>

不管我们把生活比喻成什么，生活总是在那里，每日要经历，要打拼，要挣钱，要成功，要爱别人，要被批评，要运动，要释放……

于是，很多事情演变成惯性，淹没了内心的很多原始状态。

我们或许需要一种或者几种唤醒内心原生态的方式，当然，并不是每个人都需要，只是“或许”而已。

譬如，深秋，树枝上挂着一片孤零零的树叶。

有的人没有关注。

有的人，看到了生命、重生或期望。

譬如滑雪。

确实是一种运动而已，也不需要赋予太多的意义。

有的人却当作幸福、团聚、邂逅或融合。

譬如，房地产公司，至少三分之一的人热衷于马拉松、跑步。马拉松、跑步成为时尚。都市里最简单、最快捷的运动方式，应该也是抗忧郁症的良方。

不过，还是有区别的。

工作狂说，世界上只有两种人，工作狂和不是工作狂；

诗人说，世界上只有两种人，写诗的人和不写诗的人；

如果能够用这样一种分类的标准，那种东西，就是能够唤醒内心原生态的东西。

原本就不是一个“东西”，而是甘霖，是酒，是药，是经卷，是图腾，而不仅仅是爱好。

我们有愿望去唤醒内心中沉睡的部分，唤醒不是恣意汪洋，不是随性而行，也不是想干什么就干什么！

有时，我在想，是活在自己的世界里，还是自己努力去拥抱世界？

我在想，我们除了不抱怨，不妥协，不放弃，让自己成功和帮助别人成功，还需要留些时间叩问内心，唤醒内心，继续不焦躁、不忧郁，继续热爱，继续恬然，继续强大。

越是未知，越是没有征兆，越是不可预料，我越愿意落笔为安，不断留下对外界的触觉和感知。不是爱好，是大自在。

愿一天不虚度

周六下午。

有三个活动，其中，公司在通州的体验中心开放，同事提前安排了我的行程。

我问，是致辞还是对话？他们说您来对话吧。有梁文道、瞿广慈和蒋方舟，栗坤主持。几位都是近年在各自领域活跃的“大神”。

我相信他们也是被安排的，无论是愿意还是不愿意，喜欢还是不喜欢，很多事情，一定要去做，无论是出于人情、兴趣还是工作。这就是生活。

我是个在细节上有洁癖的人，经常会因为看到公司的项目砖缝不齐、开关面板不在一个水平线上而苦恼，更别提一些质量通病。

到达现场落座后，等待开场的空隙，居然发现服务人员没有给大家摆矿泉水，立即就觉得有点儿恼火。

好在，这么多年来通用能力中的“情绪控制”，不能说炉火纯青，也可以达到不动声色。

我斜瞄了几位客人，都泰然自若。我在群里发了一个“水”字，服务人员立即弥补了这个疏忽。

啰里吧嗦说这个细节，我想表达的是，在每天经历的诸多事情和体验中，有时会为投资一个项目几个亿而难以决策，有时却为鞋里的一粒沙子而负累。而对公司，这“一粒沙子”往往就有可能让你寸步难行，说“细节决定成败”太空，但是“一粒沙子”确实可以让客户决定是否买你的产品。

扯远了，今天不想说这个。

栗坤是北京电视台当家主持，友情客串一把，让我很意外的是，近一个小时的对话，她居然没有看事先为她准备的串词和手卡，这些基础工作，同事一定是到位的。讲到我们公司，也是娓娓道来，这应该就是专业精神吧，提前做了功课。公司活动很多，各类主持人走马灯似的换，绝大部分都是照“章”办事，不会出错，顺利完成任务。这次，让我改变了之前对主持人以“颜值”取胜的印象。

说到对城市的记忆，梁文道讲起，30 多年前第一次坐火车到北京，偶遇了一个地道北京人，谈到兴起处，邀请他去北京的四合院的家里居住。这个人半道要在武汉下车办事，让梁文道老师没想到的是，这个人居然把钥匙给了他，还嘱咐如果邻居有疑问怎么办，如果他在梁文道离开前没有回来怎么办。反正是各种淳朴、各种信任。梁文道真的就拿了钥匙在那人家住了一周，临走时，主人还没有回去。他最后说："我好喜欢那个北京，可惜永远无法回去了。"说完这句话，戛然而止结束话题。

我关注的不是引起在场很多人同感的"是否能回到那个时代的北京"，而是梁老师很擅长把握谈话过程的"共情"，让大多数人产生共鸣。

这些细节通常大家不会在意。所谓的"共情"，就是深入关怀每个受众，他的体验就是你的体验，仿佛他的经历就是你的经历一样。而且，连"仿佛"都不需要，他的故事就是你的故事。大家都自愿地、很强烈地被代入。

蒋方舟讲她的东京一年。很有趣的女生，她原话是这样说的："我这些年看日本艺术，包括日本的文学也好，日本的电视剧也好，其实他们都在讲，不结婚，不结婚也没关系；不生孩子，不生孩子也没关系；然后不买房，不买房也没关系；不在城市生活，不在城市生活也没关系；很穷，很穷也没关系。我在想，其实退到最后，就是在讨论人如何最低限度地生活。人并非没有欲望，人都有向往美好生活的欲望，你不能一味地去压抑自己的欲望而告诉自己，这就是我想要的生活，所以我后来渐渐地对日本的这些现象存疑，我们都向往美好生活，不用压抑这种欲望，告诉你说我活成怎么样都没关系是有问题的，因为这不是你真正的想法。”

对，就是这个感觉，是那个年龄应该表现出来的情绪和体验。张爱玲说过，成名宜趁早，否则快乐都不痛快。蒋方舟做到了。

瞿广慈老师，我们互加微信时，我发现他的微信名为“稀奇是条狗”。他自己解释说：“我觉得家里的任何一个家具，都可以换，不管是换床，换桌子，都可以换，但是，家里的那条狗是换不了的。家里这条狗你不可能指望它将来要读书考大学给你养老送终对不对？但是你又发现这个家里的这个小动物不能替代。”“稀奇”的的确确获得了一些深入人心的东西。他的作品让你感受到一种毫不设防、开放的热情。所以当“稀奇”刚开始做的时候，他们把它定位成一只小狗。

我们有时很难理解艺术家的话、艺术家的作品，再一想，其实也不必理解，你干吗要去理解，有价值就好。

主持人问我：“怎么看建筑的技术和艺术？”这个话题很大，又是我们主场，我的说法是：“就和中国的仓颉造字一样，西方的造字大神，他就天造地设地设了这么几个词儿：A：architecture，就是建筑艺术，或者说是建筑的一艺术延伸。B：building，讲的是建筑的物理属性，更多讲空间、功能。C：construct，是施工，是建造的过程。有个建筑学家说过：‘好的建筑就是把两块砖认真地连接在一起。’两块砖就是刚才大家谈的技术、科学，连接在一起就是艺术。认真是匠心、是穿透、是创新。认真地把科学、技术和艺术连接在一起，不一定最好，但是，一定是出发点。”

对话结束后，我花了大约两个小时，快速浏览蒋方舟的《东京一年》和梁文道的《读者》，同时，还一边拿着手机，看已经被刷屏的疫苗事件。其实，这个世界就是如此混乱。有机会，可以读读贾雷德·戴蒙德教授的《崩坏》，书里解释了复活节岛巨人石像建造的动因，也解释了为什么岛上没有一棵茁壮的大树。

我必须休息了，明天还有一堆事情要去做！

即来即去 不来不去

开车去苏州途中，偶尔听到林夕作词、陈奕迅演唱的《不来也不去》，粤语，碎碎念，细读歌词，似乎是讲了一个故事。不去解读吧，相信不是陈奕迅的故事，而是林夕的，那些经历不应为外人道也。

<1>

因为这首歌，想起一段故事。

“那时候，只一个人的浮世清欢，一个人的细水长流。”1921 年，徐志摩在伦敦结识林徽因，当时徐志摩已婚，而林徽因却是一个白衣娉婷的 16 岁少女。从相遇的那天开始，林徽因就成了徐志摩笔下的芬芳，为她写诗为她作画。

一年后，徐志摩与原配张幼仪离婚。张幼仪虽然惊愕，但她是一个识大体的女性，带着孩子远赴德国求学。殊不知，那时林徽因也已许配青年才俊梁思成。“你是我波心的一点光”，热烈的爱来得快，去得也快。林徽因最终选择了梁思成，之后夫妇共同研究和保护中国古建筑的举动为后人津津乐道。

徐志摩在此期间邂逅了陆小曼，陆小曼聪慧美丽，生性不羁，她与前夫性格迥异，男方严谨认真，小曼却活色生香。徐志摩随性赏心，陆小曼似火骄阳，两人很快就冒天下之大不韪结婚。婚后，所有的浪漫变成了生活的骨感，徐志摩狼狈不堪，却仍和林徽因鸿雁传书。1931 年，林徽因在北京举办建筑艺术讲座，徐志摩乘飞机前往捧场，途中失事。

其实徐志摩死前，已经发现陆小曼正和晚清名臣翁同龢之孙、越剧小生翁瑞午如胶似漆。1965 年，陆小曼在上海辞世，生前，不知出于什么原因，整理了徐志摩的多个文集，还向好友倾诉“出门一个人，进门一个人，真是海一般深的凄凉和孤独”。

我对新诗的启蒙应该是从徐志摩《再别康桥》开始的，初中时还偷偷摸摸地研读。所以，详细阅读过徐志摩的传记。不用道德去衡量，只觉得徐志摩无论是才情还是爱情，已经无所谓世间约束，而是做事从心，即来即去，不来不去。所以，林夕大概就是这个意思。

扬帆时，人潮没有你。

我是我，和途人一起。

停顿时，在你笑开的眼眉，望穿秋水之美。
回程时，浪淘尽了你。
任背影，长睡着不起。
留下我，在粪土当中翻检背囊，直到拾回自己。
掌心因此多出一根刺，没有刺痛便懒知。
就当共你有旧情没有往事。
如烟，因给你递过火。
如火，却也没熔掉我。
回望最初，当丧失是得着可不可。
可痛若骊歌，乐如儿歌。
像你没来过，没去过。
谁同行，仍同样结尾。
血液里，才遗传悲喜。
谁亦难，避过这一身客尘，但刚巧出于你。
垂头前，没缘分丧气。
睡到醒，才站立得起。
盲目过，便看到天机，反复往来，又再做回自己。
即使一生多出一根刺，没有刺痛别要知。
就当共你有剧情没有故事。
如花，超生了没有果。
如果，过路能重踏过。

就当最初，是碎步湖上可不可。

不种下什么，摘来什么。

像我没来过，没去过。

<2>

没有见过入夜的北京街头，不足以说生活不容易。

经常身处深夜的北京，不管是开车还是散步。只有夜色，暂时换得片刻的轻松。

初中同学，如今事业发达。凌晨两点，突然接到他的电话，其实很久没有见面了，当然也只有当年同学的情谊，才能在半夜给我打电话。

接通，他没有说话。

我问他：“怎么了？”

他说：“打扰你了。”

我接着问：“有事？”

他说：“没事。”

我没有责怪。我知道，他有心事。

“你说吧，我听着。”我说。

“我又梦见我父亲了。他走的时候，我没有哭。办完后事，三天后我就回上海了。可是，他走了十年了，我还是经常梦到他，每次梦到他，我都压抑自己不要哭。我不是害怕，我是怕我走了，我的孩子也是这样。”

我没有劝慰，说什么都是多余。不过，我和他说：“不来不去吧。没有来过，也没有去过吧。”

他说：“不来不去？”

“嗯，之前的已经去了，未来的，还是要来的。”

<3>

每天都需要面对变化，需要解决问题，要么庸俗随波逐流，要么担当脱颖而出，没有人告诉你该怎么面对，怎么解决。所以，学一下邻国 80 后的智慧和悟性，把握命运，来去无碍！

天下最有灵性而又可以和人和平相处的动物大概就是猫和狗了。小狗由于体型更大，对人忠诚，有时谄媚，被丢弃的概率没有猫多。所以，我们小区里的流浪猫比流浪狗多，热心的物业在围墙边给流浪猫搭建了遮风避雨的住所。不管多晚，临睡前，我在小区里快走已经形成了习惯，所以我见过凌晨 1 点的猫、2 点的猫和 3 点的猫。有时顺手，把家里的猫粮带出来喂给它们。小区里大约有 20 只流浪猫，每隔段时间就有新猫加入。可是，它们从来不依赖人的投喂而一直奋力地活下去。你喂，还是不喂，不管冬天还是夏天，猫即来即去或者不来不去，有时你以为哪一只死了或者失踪了，过几天，它重新出现在你的脚下。

你以为你很艰难吗？其实没有不艰难的世道，甚至是没有一只不艰难的猫。当明白了猫的艰难，以及猫都能不来不去，即来即去时，一切都变得风轻云淡。

入世的勇敢，出世的超脱，大抵可以对冲眼前所有的焦虑、不安全和看似不可抵抗的消极。

来这世上一遭几十年，去的时候就是短暂的片刻。你以为的如来，不是如来，而是似乎没来，也没去。似乎即来，也即去。

我一直以为是“暮雨不来，春不去”，原文却是“暮雨不来，春又去”。

不来，又去，是顺势。不来，不去，是悟性。

来，要顶天立地，

去，要通体光芒。

纵波起 横波去

公司还在开会，汇报人突然放慢语速，坐在会议桌前的人面面相觑。

有人小声说："地震了。"

另外一个人说："要躲下吧。"

汇报人居然镇定地说："我接着讲，没事的！"

然后，朋友圈就开始刷屏了。

圈友说："小震不用跑，大震跑不了，该干啥干啥吧。"

我的感觉先是上下晃，然后左右晃。

纵波起，话音落，横波去。

蒲松龄对地震有过一段生动的描写：

康熙七年六月十七日戌刻，地大震。余适客稷下，方与表兄李笃之对烛饮。忽闻有声如雷，自东南来，向西北去。众骇异，不解其故。俄而几案摆簸，酒杯倾覆；屋梁椽柱，错折有声。相顾失色。久之，方知地震，各疾趋出。见楼阁房舍，仆而复起；墙倾屋塌之声，与儿啼女号，喧如鼎沸。人眩晕不能立，坐地上，随地转侧。河水倾泼丈余，鸭鸣犬吠满城中。逾一时许，始稍定。视街上，则男女裸聚，竞相告语，并忘其未衣也。后闻某处井倾仄，不可汲；某家楼台南北易向；栖霞山裂；沂水陷穴，广数亩。此真非常之奇变也。

古人不知道地震的原理，恐惧甚深。我们对自然现象有所了解，但也深知天灾人祸的惨烈，只有敬畏。

30 分钟后，我们旗下的第一物业公司，就在微信公众号上发《地震来了，请收藏这份自救手册》，速度之快，令人惊讶。

对于地震，我是亲历者。

汶川大地震后第三天，我代表公司赴川做志愿者，在青川赶上最大的余震，如果没有记错的话，应该是 7.1 级。不过当时在一个空地上，站不住，蹲下来，周围的残垣断壁，稀里哗啦往下掉碎石。

加上我 14 岁时遭遇过车祸，人一瞬间竖着钻进并躺在拖拉机的四个轮子中间空档，腿骨折，人无恙，劫后余生。所以，无论是天灾还是人祸，知道活着的可贵。

经历过这些后，我就开始思考下面这些问题：

1. 爱与死

《这个杀手不太冷》中有一句台词：“我要爱，或者死。”既然活着珍贵，一定要去爱，爱身边的人，爱生活，爱事业。当然，生活不仅仅是爱，太多不容易，苦难、复杂、挫折、焦虑……但是，依然要去爱。生死由天不由我，爱恨由己不由天，主宰不了生死，还不能主宰爱恨吗？

2. 真实与虚拟

有时确实有一种奇妙的想法，我们没有活在真实的世界里，不过是 N 维世界的一个折叠，你经历的不是你经历的，你看到的不是你看到的，你听到的不是你听到的。所以，公司孵化的高科技公司，推出 VR 和 AI 应用产品时的核心传播语我很欣赏：“VR，不是让我们真实的世界变得更虚拟，而是让一个虚拟的世界更真实。”

3. 健康与运动

地产圈压力大，跑马拉松，又简单又普及，已经成为很多公司的考核项。如果跑完马拉松，该喝酒还喝酒，该熬夜还熬夜，该抽烟还抽烟，正负能量一对冲，还在起跑线上。自律是每个人的卫士，所以，约束自己，能不喝的酒就不喝，坚决不抽烟，睡眠少是身体体质决定的，保持让自己精力旺盛的休息。有时间，就看看图、读读书、写写文章，不做无谓社交，这也是性情吧。无所谓对错，舒服就好。

4. 生与死

古龙小说中的人物，刀一起，再一落，人就没了；

创业成功的人，九死一生，还能微笑面对破产；

1945 年前后，艾琳娜从纳粹手里救回 2500 个孩子，却隐姓埋名 54 年；

我们身边，有人为了一套拆迁的房子，把 90 岁的老妈作为人盾。

无论是故事，还是真实，历史的距离，还是现实的骨感，用自己的情感感知，用自己的价值观衡量，用自己的脑子思考就好。

5. 未知与踏实

有人说，如果你知道未来，还有来到这个世界的勇气吗？我总是对自己说，如果完全不知道未来，就没有往前走的动力，必须知道未来在哪里，任何未来都是预设的，而且自己的未来都是自己走出来的。未知的是结果，非常确定的是走过去的每一步。走过去，就是踏实。因父母的健康而踏实，因妻儿的快乐而踏实，因职员的提升而踏实，因自己的进步而踏实，因事业的发展而踏实。还没有一种情感体验，比“踏实”更让人踏实。

还有两天大年三十，纵波来的时候，我们一直有爱、真实、健康和踏实；横波去的时候，我们还是一直有爱、真实、健康和踏实。

有趣的孤独 不惑的繁华

<1>

2017 年 12 月 29 日至 31 日，公司总结会。

31 日晚，和核心管理层融通与聚会，不胜酒力，微醺浅醉。

凌晨 12 点，写完给全体职员的一封信并发出。1 点，发出对公司几位管理层的生日祝福。

突然觉得肚子很饿。

冰箱里的东西生冷，不想动火。

环顾四周，顿生孤独之感。

孩子和孩子的妈妈出去度假了。太太和孩子接受并习惯了没有丈夫和爸爸在身边。

2017 年 1 月 1 日独自度过；2017 年 10 月国庆假期独自度过；2017 年中秋节独自度过。

翻朋友圈，总结、祝福、感慨、撸起袖子、伤感……一念起，一念灭，还有人在晒 18 岁照片，而我的 18 岁，尽管精彩，应该已经沉睡在书柜中。

于是，一边点赞，一边往嘴里塞个苹果，就这样，隆重而认真地告诉自己，又一年重要的时刻，在孤独中度过，不过，这个孤独不是感伤，是有趣，是裹挟着认真、夹杂着情愿度过。

<2>

2017 年，万物互联、量子纠缠、VR、AI、十九大、芳华……365 天接触的新词、新物种，远超了对世界既定的认知。没有一个人，或者一个人的力量能够赶上时代变化的步伐，所以，活着的韧性比冲动的力量显得更为重要。

这一年，不管遇到了什么人，什么事，都是一边假装轻松地议论着别人，一边躲起来手捂嘴巴不敢大声哭泣。还能够哭泣，说明比较真实。生活真实，人真实，不是虚拟的，不用怀疑世界可能都是虚幻的，不用疑虑人死了是灰飞烟灭还是异度空间，不胜喜哉！

就在几个小时前，一个优秀的同事给我敬酒，我心疼并且批评他，不该焦虑，不该每天半夜定闹钟看手机，以确认自己所管辖的物业公司是否有突发事件需要处理，这样的习惯已经持续多年。原本我是不知道的，是有一次这个同事请假去医院，其他同事转达给我的。我想，夜深人静的时候，去听听琴箫合鸣的《清心普善咒》，也许可以缓解一下紧绷着的神经和对未来的焦虑。

<3>

再说一下“中年危机”，不管是枸杞泡茶，还是领带不离颈，抑或是佛系，说完不还是该开会开会，该应酬应酬，该蒙圈蒙圈，该社群社群，该干嘛干嘛吗？危机每天有，走上人生路的第一步，就开始危机四伏，只不过，之前的危机有人替你扛，父母祖父母辈替你扛，现在的危机你自己扛，你不仅要扛自己的危机，还得扛家人的危机、公司的危机、社会的危机。人生的芳华每个镜头都是危机，所以才绝代芳华。

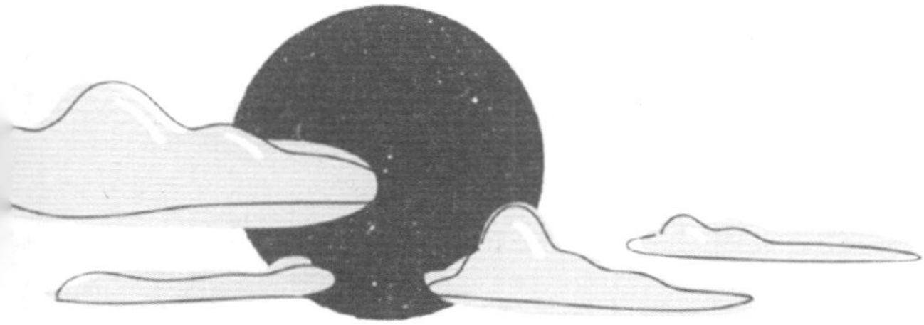

在相当长的时间里，经验、财富、荣誉、体验、消费、地位，什么都是需要的，无限用加法；经过繁华，也不用去做减法，而是简法，以简单的方法过活；更是聚焦，聚焦那些曾经想实现，但是总被花花世界诱惑、带跑了的目标。要自己内心真正想要的东西。如果城市里还有水湾，城市的夜晚还能够透出繁星，我们应该知道，水湾里的星与月是映射出来的，而遥远的满天繁星是自己真正的执念。

都要经历孤独，让孤独更有趣！

都会有繁华落尽的结果，在繁华中绽放芳华！

芳华是有趣的孤独，芳华是不惑的执念！

2018 年 1 月 1 日，还不习惯，一定要习惯并且坚韧地走下去。

信自己而已

连续出差一周，回到北京，带儿子去打羽毛球，大汗淋漓。开车回家，我和孩子的妈妈说，一起去吃饭，儿子坐在后排没有吭气。追问了几句，儿子说："我想回家。"问他为什么，没有理由，就是想回家。

"那你吃什么？"我问。

"我吃方便面。"儿子倔强地回答。

"你会煮面吗？"我又问。

"我会。"儿子坚持。

"好吧。"我一贯很尊重孩子的想法。

"给我一点钱，我自己去买。"儿子补充。

到了小区门口，儿子接过钱，敏捷地下车，回过头，对他妈妈说："妈妈，和我爸一起吃饭，很高兴吧？"我们似乎有点明白了。

11 岁的小小心里装了多少心思？

过马路时，儿子三步并作两步走到马路对面。头也没有回，我停着车，以为他要回头招招手的，可是他确实没有转身。

我知道他开始长大了，虽然朝夕相处，可还是觉得很陌生，又很惊喜，放手他的成长已经在眼前，不管是否愿意。

孩子哪里是想回家啊，是信自己已经开始是个少年了。

和新星星艺术节有过几次接触，是当代艺术的一个平台，挖掘青年艺术家的摇篮。这个期间在上海出差，新星星艺术节已经变身“美术馆”，设置在德基美术馆 7 楼。馆长、曾经的文艺青年朴尔敏热情讲解，非常性情的一个女生，熟识后知道她是学医转行运营艺术平台。最近一次发朋友圈她说自己在“流浪”，其实哪里是“流浪”，是信自己的选择而已。

朴尔敏讲到一个青年艺术家，生来六指，一直自卑，后来手术切除，总是感到生活不顺。大师指点，你原本就不该切除那一指，那是与生俱来的不同。所以，他立志拿起画笔，终身不悔，一直画下去。其实哪里是大师开悟，是信自己的方向而已。

到惠州出差，公司准备投资的小镇项目，确实在一个镇上。团队组建中，前期没几个人，在镇上租赁办公室，四层小楼，一层卷帘门，二层办公，三层住宿，四层暂时闲置，一个月 3000 元租金。我问团队负责人，是否安全？他回答，安全不重要，最害怕的是晚上没人说话。哪里是“害怕”，是信自己的坚持而已。

有媒体采访我后，说我健谈，喜欢演讲，其实，我知道，先不说是否健谈，但是我确实不爱演讲。只是，工作上的很多事情，你必须去做。哪里是喜欢，是信自己“应该去做”而已。

我通常是不拒绝加公司任何一个职员的微信的，有时有点儿什么事情，比如催促文件之类的，但是这个职员我想不起来了，想不起来没关系，做到尊重就好。半夜翻朋友圈时，看到他晒了孩子的一张照片，写道：“没有电脑，没有电视，都不在乎，只要有书就行。”我写过一篇文章《只有读书　才能对付这个不容易的世界》。其实什么都不容易，哪里能够那么容易对付啊。他也一样，信孩子是自己的希望啊。

信自己而已，不是借口，是未来的天际线。

时光亦有恙 奈何仍坚强

<1>

秋意渐浓，小腿隐隐作痛，这源于14岁时遭遇的车祸。那时候满街跑的都是三轮拖拉机——现在已经见不到了，拉了一车的石头，拖拽了我一下，我摔倒在地，小腿骨折。少年总是多愁善感，尽管恢复得不错，却有点儿自暴自弃。

在医院做了一个多月的治疗，出院回家休养，医生嘱咐我加强锻炼。现在想想这又算什么事呢？年轻人的身体最容易恢复。可是无论母亲怎么样苦口婆心劝我，我都不肯下地锻炼。趁母亲上班，我趴在窗前久久凝视外面的风景打发时光，一只小白鸟、一片树叶都会令我激动半天。

我记得，经过恢复，腿上的石膏也不需要了，换成比较轻便的夹板。医生说："很快就会痊愈，现在要开始练习走路。"每天母亲下班回家的第一件事就是搀扶我下地，把我固定夹板的脚轻轻放在地面上。疼痛感使我惧怕站立，我一次又一次地重重摇头，恳求母亲让我休息。母亲固执地不肯放弃任何一次努力，直到她气喘吁吁大汗淋漓。

为了躲避练习，我不按照她的要求去做，稍有疼痛便哇哇大叫，每次锻炼均以我的意志不坚强而宣告失败。

眼看新学期马上来临，母亲暗暗着急。我腿上的夹板已经取掉，下地走路成为当务之急。有一次，母亲突然松开了扶着我的手，试图使我摆脱对她的依赖。我身子一歪，跌倒在地。我分明看到从不轻易流泪的母亲掉了眼泪，她大声说："没想到，我的儿子这么没出息。"

第二天，母亲回家看到我仍然躺在床上，她说："我下楼给你买个西瓜。"便出去了。

许久，我突然听到楼道里传来很大的声响，像是什么东西重重砸在地上。

"儿子……"

是母亲，她在楼梯上摔倒了。我下意识地跳下床，三步并做两步跑下楼，在拐弯处，我看到母亲站在一堆碎西瓜中，微笑地看着我，平静地说："瞧！你跑得有多么快！"其中，"跑"字语气特别重。这时，我才发现自己竟然在没有人帮助的情况下跑了这么多台阶。伤口处确实很痛，但是，根本不是问题了。

从那天起，我开始恢复如常。

<2>

记得刚来北京的时候，每日奔波，换乘四趟公交车，才能到单位。每日下班都是坐开往南苑机场的366路的末班车，从来都是整车人加司机不超过5人。我只坐最后一排，如果没有在最后一排，总觉得后脊梁发凉。也不在家做饭，路边小摊随便吃点酸辣粉、担担面也就凑合了。

楼下有个“小门脸”，最多能坐三四个人，一个偶然的机会进去吃了一顿，服务员是个外地的小姑娘。店里还有个黑白电视，不知道为什么，去了一次，居然待了很久，久违的温暖一点点袭上心头。

从那以后，每天下班也就不四处打“游击”了。没进家之前，在小店先泡杯茶，看会儿电视，和店主聊会儿天，吃一顿小姑娘的哥哥的拿手饭——“蛋炒饭”。如果哪一天不去，也要在早上上班路过小店的时候，探头对忙着张罗客人的兄妹喊一句：“晚上不来吃了。”这慢慢形成了惯例。

日子很快，冬天来了，天气异常寒冷，突降了一场很大的雪。那天，忘记告诉兄妹两人下午由于要和朋友应酬不到小店吃蛋炒饭了。

记得那天，我回去很晚，雪没过脚踝，我快步向家里跑。路过小店时，瞥了一眼，门没有关严，门缝中漏着灯光。我匆匆而过，脚下咯吱咯吱的声音在夜晚的静寂中显得格外刺耳。

“大哥……”身后有人叫我。

回头看时，发现兄妹俩站在小店门口。“今晚怎么没来吃饭呢?”妹妹问。一向不善言谈的哥哥这时也说：“你的蛋炒饭热过好几次了。”一时间，我还没来得及应答。“回去吃什么呢？我们一直在等你。”妹妹接着说。

从那天开始，我知道了，很多感动原来是那么的真实。

一年又要倏忽而过，秋风渐寒，我请加班的同事们吃饭，都是90后，有的还是95年，脸上一点岁月的痕迹都没有。交流间，每个人都对未来充满了憧憬和希望，就那么一瞬间，想起这两个成长的片段。

时光亦有恙，奈何仍坚强。

知欲而行—067

没有全情投入 哪来的未来可期

<1>

周日晚上，在办公室看书，开着电视，新闻正在报道伦敦田径世锦赛男子百米飞人大战，博尔特居然输了。这个地球上跑得最快的牙买加男人正式结束他的赛场生涯。12 年一直紧随其后的加特林这次终于战胜博尔特，画面上两人紧紧拥抱在一起。我相信他们的内心深处荡漾着多年征战后的相互欣赏。尽管，我们多么希望博尔特在他人生最关键的时刻，用最高的荣誉给自己的田径生涯画个完满的句号。

我们都听过博尔特的故事，为给父亲还债，走上田径之路。尽管他说自己“脊柱侧弯、伤病、懒散、爱玩”，他就是他，他公开资料很少提到自己如何训练。从 2008 年开始，博尔特在 100 米赛只输了四次。谁会知道他在背后付出了多少汗水和全身心投入？博尔特在牙买加家喻户晓，也是世界赛场上为自己奋斗的最伟大的运动员之一。

突然有一种奇怪的联想。大家还记得《中国诗词大会》

里的董卿吗？和那些古诗词专家同场，一点也不逊色，信手拈来、出口成章的文学功底，加上董卿自带光芒的“英气逼人”，让人感到一种隔着屏幕“摘叶飞花”的功力扑面而来。后来看了一期节目，她自己说：“我追求人生最佳状态，竭尽所能做到最好。”这种全情投入，“allin”到每件自己应该去做的事情中，是否就是我们一直想达到的状态？

<2>

有一天，我和一个职员沟通工作，他很自信地看着我说：“请您放心，未来可期。”

可是，我了解：遇到困难了，他会说，团队的资源还不够；遇到要“交作业”没有完成，他会说，再给我一次机会；达不成绩效的时候，他会说，我还没有使全力。

我盯着他说：“不要总觉得未来可期，未来已来，你的‘可期’在哪里？”

我遇到过另外一件事情。公司半年工作总结会期间，在酒店会议室门外，我们的一个子公司的销售冠军带着易拉宝，摆着一张桌子。在茶歇期间，她拽着从外地回来的高管们滔滔不绝地讲起她负责的楼盘。路过时，我和这个姑娘开玩笑说，怎么生意都做到家门口来了？漂亮的姑娘莞尔一笑，回答我："您别介意，也别批评其他人，是我要来的。公司高管回集团开一次会不容易，谁知道他们和身边的人有没有这样的需求呢?"其实，在房地产企业，全员营销，各地楼盘、自己公司的服务和产品在集团内讲解得还是非常充分的。可是，这个姑娘做事情见缝插针，不放过任何一个机会。

之前加过她的微信，看到她朋友圈的积极推销，我觉得那些举动都是顺理成章，没有什么可奇怪的。

<3>

周末，通常我会在公司地库出入几次，不是出去见人，就是回公司见人。有一天，刚关车门，地库一直值守的一个保安小哥，手里拎着一个还没有开封的包裹递给我，说："我想送您几本书，可以吗？我知道您爱看书。"我一愣，和这个保安小哥平时除礼貌性地打个招呼之外，没有更多的交流。"好啊，谢谢你哈！"我没问为什么，也没有拒绝。回到办公室，我请物业的总经理来，询问他平时的表现。我印象中的保安小哥，应该大多数是学业未成，有点高不成低不就，或者就干脆混日子。

这个保安小哥有点儿不一样，平时跑前跑后，在地库中遇到任何需要他做的事情，都积极响应，服务意识极强，爱好书法，乐善好施，业主也都有口皆碑。物业总经理的评价和我的观察是一致的。我相信他一定有一个梦想，那个梦清晰而生动。尽管是一个最平凡的岗位，他也是全情投入，毫不糊弄。

在他的感知中，可以和他服务的业主惺惺相惜，比如送我书的举动。后来，我回赠一块奖牌给他。有很多梦是要坚持的，坚持下去，有可能获得奖牌；不坚持，就没有得到奖牌的机会。

<4>

生活和工作总是这样平淡无奇或者跌宕起伏，或者是看客，可能是过客。

也许开车回家后，在车里坐半个小时再上楼，面对妻子、孩子、父母，唯独不能当自己；

也许走过一条又一条街，看过一个又一个人冲进地铁；

也许沉默对待一切看不惯的人和事，不去理会；

也许游走他乡，听一首又一首和自己毫不相关的歌曲；

度过这一刻，下一刻已来，如何面对？

所有的问题还要去解决，所有的挫折还要感同身受，所有的目标仍然要去达成，所有的幸福依然在每一刻。

谁都不会轻易认输，当然就要全力以赴；谁都不会随便去死，只有奋力去活；谁都不会甘于平庸，每一刻都应全情投入。

所以，最好的状态莫过于，在该坚持的年纪去坚持，在该奋斗的年龄去奋斗，对待每件事情都全情投入。能实现未来的“可期”是最好的圆满，没有实现，试着接受任何一个结果。成长就是长本事，有本事去奋斗，就有本事接受任何一个结果。

我们依然相信，未来可期，因为全情投入。

遇到事情 走过去就是了

周日晚上，我在办公室看《等着我》。那么多悲欢离合，那么多悲天悯人的故事，我们抱怨什么呢？

这一期，讲一个九十多的老人在找77年前救命恩人的后代。看到这个老人，我一下子泪奔了。饱经了一个世纪的沧桑，老人还能兴致勃勃地唱起当年战场上的老歌；承受了一辈子的苦难，老人还是乐观地对恩人的家人讲对时代的感恩，那一定不是演戏，是真实的。

不知道是不是巧合，情绪还没有缓和过来，家族一个微信群里，我的小姨发出一张照片，是姥爷去世13年后，在家里一个笔记本里发现的。

1938年，姥爷参加革命，参军第一年就得过嘉奖，军长陈毅、副军长张云逸、政委饶漱石签发。在姥爷有生之年，只听他说过国家的苦难与跌宕起伏的战争故事，而他自己受过嘉奖的事情，姥爷一次没有提过。

不是这一次嘉奖，是每次嘉奖都没有主动提过。如果有，我记忆中也是后辈缠着让他讲讲经过，姥爷也总是淡淡的几句话带过。这次，我的小姨在群里反复说："为什么老爸这些事情生前都不告诉我们呢?"

今天不想提姥爷"波澜壮阔的一生"，我确实觉得也没有什么词能形容了。作为一个孙辈，想说一下和姥爷相处的那些小事。

<1>

姥爷经历过旧中国最穷最苦的日子。姥爷退休后，在院子里养了很多鸡，种了枸杞、枣树、苹果树，每日喂鸡翻土，日子也过得恬然。

一到周末，姥爷的 5 个子女，包括孙辈们就回到姥爷家。其中由一家人掌勺，其他家配合。最热闹的就是那顿饭，平时各家并不宽裕，也是盼着周末，孩子们知道有鸡肉、牛肉、羊肉吃。

大家围拢到桌子旁时，姥爷总是在门外干自己的事情，并不急于上桌。在我的印象中，也没有什么特别的事情需要去做，不过姥爷总是时不时走进来看看桌子上的饭菜。

有一次，他突然大发雷霆。可敬的老头子一发火，大家可吓着了，不知道发生了什么事情。只听姥爷在门外吼小姨："谁让你做这么少的饭？回来一趟，就是要吃饱饭。

再给我做一锅去。”小姨不想再做，两个人就杠起来了。后来，还得听姥爷的话，乖乖地补做一锅。

就是这么简单的生活小事，姥爷很执拗，每周盯的就是菜做没做够，米饭做没做够。做少了，他就很生气；做多了，第二天，剩下在家的人热一热，还是一顿中午饭，绝不浪费。但是，就是一点，不许把饭菜做少了。

<2>

14 岁时，我遭遇过一次车祸，小腿粉碎性骨折，卧床半年。刚送医院的时候，母亲在一旁落泪，姥爷仔细查看了我的伤势，对母亲说：“哭什么呢，走过去就是了。”

后来父母讨论是否要休学，姥爷来看我又说：“这孩子坚强，没问题。干吗要休学呢，小伙子恢复得快，在家不学习也会生事哈。”所以，尽管伤得比较重，我居然没休学。在老师同学的帮助下，课程一点儿也没有落下。不过那年，学函数，直到现在，也没弄明白函数是个啥。

<3>

姥爷是绝不求人的。在我父母辈的记忆中，姥爷一辈子几乎没求过人，生怕给别人添麻烦。

那个时候子女可以接替父母去工厂上班，都是“公家”

安排，更别提工作过程中，要便利办个事什么的。我考公务员时，差了几分。姥爷当兵时的下属，已是副省级领导，并且分管这个事情。听妈妈说了这事情后，姥爷坐在屋子里半天，对我说："走。"

我不知道是要干什么去。我考大学那会儿，姥爷已经很老了。现在想起来，姥爷不知道要下多大决心才能走出家门，准备开这个口。到了领导家，寒暄一番，那个人非常尊重姥爷，一口一个老领导。

吃了顿饭，要走的时候，人家说："老领导，找我有事情吧？"

姥爷大约沉默了五秒钟，说："没事，来看看你。"就拉着我出了门。

没有什么惊天动地的举动，这就是姥爷。我觉得这些事情对我后来的工作产生很大的影响。凡事都要靠自己，路是自己走出来的，走过去就是了。

<4>

这个事情，还没有完。

工作第一年，我不知道如何处理人际关系，工作并不开心。经常，我骑着自行车，回到姥爷家，也不说话，坐在院子里看报纸，家里都是《退休生活》《人民日报》什么的，翻来覆去，魂不守舍。

终于有一次，姥爷忍不住说："你有心事。"

我说："我是有心事。"

姥爷说："工作不开心？"

我不语。

姥爷说："不开心，就去干点想做的事情去，坐在我这里发呆干什么？走过去就是了。"

没讲什么大道理，这句话是促使我离开家乡最主要的精神力量。离开家乡很多年，每年都会去看姥爷。2003 年底，姥爷的肺癌已经很重了，瘦得一把骨头。

回去看他，我说："姥爷，接你去北京玩玩？"

他说："不去了，走不动了。"

我学他的语气，说："走过去就是啦！"

他回答："确实走不动了。"然后又说，"你有出息，要给弟弟妹妹做榜样。"

出门的时候，我主动拥抱了一下姥爷。回到北京，妈妈打电话给我说，你刚出门，姥爷突然说："这是最后一面啦。"

瞬间，在场的人都哭得稀里哗啦。

姥爷是在斋月里的周末没的。姥爷是穆斯林，回民下葬要快，姥爷生前从不给人增加任何一点麻烦，去世的时候，又是斋月，又是周末。临终前，还是反复说，给大家添麻烦了。然后对五个子女家庭面临的问题、子女的教育一一交代。对我的母亲说，这个外孙子是榜样，你教育得很好。

我回去的时候，姥爷静静躺在那里，母亲在旁边大哭，一直在说："我没有爸爸了。"

是呵，我也没有姥爷了。

可是，我居然当时没有哭。不知道为什么，因为从小内心的倔强吧。

可是，13 年过去了，我还是经常梦到姥爷，仍然清晰地在梦里看到姥爷的模样。

和姥爷在一起的日子并不长，大部分时间是简单的沟通，每个相处的故事都不曲折。但是，每个片段，都让我感受到一个受过苦、挨过难的老人，在处理事情时候的坚强与善良。

我不知道自己骨子里有多少东西是向姥爷学来的，这也许就是一代一代人的传承与影响。

《等着我》结束的时候，我也写完了这篇文章。

我想说：随着时代的变迁，故人、亲人、爱人、同学、战友都有可能由于各种原因找不到，寻不着，再也见不到了。但是，从他们身上汲取的能量、他们身上的品质和曾经发生的故事，却影响着自己一路前行。我记着姥爷的一句话："遇到事情，走过去就是了。"

西门吹雪的雪 不容易被风吹散

真的忽略了十岁的儿子平时都看的是什么书籍，有个周末，突然看他抱本书津津有味地读着，翻过封面，是一本介绍各种飞机机型的科普读物。

儿子有这个本事，只要飞机从天上掠过，但凡有点影儿，他就能说出机型和是哪家航空公司的飞机。这件事，估计我到老了也想不通，遥远的一粒小米似的影子，儿子是怎么判断出来的？

他妈妈告诉我："这是你周末不在家的日子，我们娘俩在首都机场附近看飞机起落打发时间带来的知识副产品。"

可是，我记得我十岁的时候在看古龙，看的第一部大部头武侠小说是《陆小凤传奇》。

"儿子，你看一本武侠小说吧，古龙的。"

"我的世界你不懂，什么古龙、新龙。"他埋头看他的飞机去了。

我知道，西门吹雪的雪，是不容易被风吹散的。

颀长白皙，披裳如雪，冷峻如水，我似乎梦见过。

欣赏他的剑，向往他的剑。

月明夜，紫禁之巅，一剑破飞仙。叶孤城死在西门吹雪剑下。

西门吹雪是“剑”的化身，与其说是他驭“剑”，不如说，他们就是“剑”，“他们”当然包括叶孤城。

古龙让西门吹雪成为一个寓言式的人物，就是因为已经成“痴”，成“痴”才能有“道”。“西门吹雪”这个名字注定了他出尘脱俗、傲岸不群。他把生命奉献给剑道，他认为杀人乃最神圣的事，所以每次在他杀人之前必会斋戒沐浴，但是杀人并不能为他带来快乐。

他杀人后总是轻轻吹去剑锋上的最后一滴血，所以，他吹的不是雪，而是血。吹血的时候，笼罩着无尽的寂寞。他的名言是，这世上永远都有杀不尽的背信无义之人，你一剑刺入他们的咽喉，眼看着血花在剑下绽开，若能看得见那一瞬间的灿烂辉煌，就会知道那种美是绝没有任何事能比得上的。

不过，他虽然视杀人为一生最重要和最庄严的事，但是西门吹雪是讲“道”的，他焚香听音，煮酒抚琴。有的事情没有人让他做，他自己就会千里迢迢去做；有些事情，无论是谁，哪怕是陆小凤请求他去做，他都不会去做，这就是高手的“范儿”。

我努力体会那个世界的“剑”，从剑法到剑术、再到剑意和无剑，最后回到“剑”。“剑”就是人，人有品，“剑”亦有品。

温习一下书中西门吹雪与叶孤城决斗前的那段话：

西门吹雪忽然道：“你学剑？”

叶孤城道：“我就是剑。”

西门吹雪道：“你知不知道剑的精义何在？”

叶孤城说：“你说！”

西门吹雪道：“在于诚。”

叶孤城道：“诚？”

西门吹雪道：“唯有诚心正意，才能达到剑术的巅峰，不诚的人，根本不足论剑。”

叶孤城的瞳孔突又收缩。

西门吹雪盯着他，道：“你不诚。”

叶孤城沉默了很久，忽然也问道：“你学剑？”

西门吹雪道：“学无止境，剑术更无止境。”

叶孤城道：“你既学剑，就该知道学剑的人只要诚于剑，并不必诚于人。”

西门吹雪不再说话，话已说尽。

路的尽头是天涯，话的尽头就是剑。

再往下，就是精妙绝伦的结局。看似西门吹雪胜了，叶孤城死了。可是，叶孤城是故意输在西门吹雪剑下的，这是西门吹雪自己发现和“悟”到的。

一刹那，西门吹雪的剑正中叶孤城的心脏，叶孤城的剑却偏差几厘米于西门吹雪的喉咙。以叶孤城的武功，只有“故意”两个字可以解释。西门吹雪成为“胜利者”。因为叶孤城知道自己在这场战役中胜利也没有任何意义，胜也是死、败也是死，所以不如死在西门吹雪的剑下。

其实，胜利的并不是西门吹雪，西门吹雪是“入世而入”，叶孤城是“入世而出”，真正可怕的其实是叶孤城。他们的“剑”都是“入世”的，一决高下，如果不是“入世”，可以擦肩而过，不必血溅青瓦。

他们的人，却不一样：西门吹雪，是人，连爱人的名字都那么世俗——“孙秀青”；而叶孤城，最后一搏已经出“世”了，不再是人，也不再是剑道，而是回归到“剑”。

说到这里，我回过神来。

儿子，你看不看古龙，我都没有关系。10 岁的时候，我是看了古龙的，也是看了西门吹雪的。我知道，西门吹雪的雪，是不易被风吹散的。

孩子的成长 是细节构成的

飞以色列的途中，突然就强烈地想念孩子。

10 岁了，一个大小伙子，从小就没有认真地陪伴他。不管是呱呱坠地，幼儿园，还是已然四年级，在一起的时间非常有限。

这个“五一”，安排了很多事情，在出差前一天，孩子认真地提出来，要陪伴他一天，这个要求实在无法拒绝。

在平谷音乐节的草地上撒欢。

万人狂欢，孩子不凑热闹，拽着我来到后边的山坡。

突然，他加快速度，跑向一簇野草，俯下身子，蹲下来，像是寻找什么。我随意坐在一块凸起的石头上，远远地观察他，天天在身边，竟然没有发现，他已经长成了一个大小伙子。

今天的天，湛蓝湛蓝，没有雾霾。孩子微喘跑到我身边，分明鼻翼上有一颗晶莹的汗珠，他手里拿了一束蒲公英，我等他说什么。

孩子把蒲公英的茎轻轻掰断，里面是空的，他又掰开了一个，还是空的，接着，脸上的表情很不耐烦，又掰开了一个，有些微白的液体。

“不够哈。”孩子自言自语。

“做什么呢?”我忍不住了。

哦！至少4年前了，我脸上长了一个疙瘩，带着孩子出去玩的时候，孩子的妈妈说，老人讲，蒲公英草茎里的白色液体可以治脸上的疙瘩，他一直是记在心里的。

每次和他妈妈出去玩的时候，他都记得，想了很多办法，是收集到一个小瓶子里带回家，还是打电话把爸爸马上叫到他们在的地方。总之，4年了，一直没有能如愿。

后来，孩子妈妈听我讲这个小细节时，瞪着眼睛说，你以为他是今天才记起来吗？每次出去他都会提，只不过，没有当着你的面说出来。

其实蒲公英旺盛的季节已经过了，掰开的草茎中只有黏黏的一点白色乳液。我把脸凑过去，孩子根本就没理会我盯着他的那种小小的感动，使劲地挤着，挤，再挤……陪伴孩子少，所以很多生活中很小的细节，竟然变成了一种触动内心的感动。

大概有十分钟，孩子涂了我一脸草汁，应该是个大花脸了。

呵呵！

接着，孩子跑远了，也许就是想给父亲做点儿什么，也许什么都不是。

孩子就这样长大了。小伙子的性格特点鲜明而突出，发点儿小脾气，突然搞点儿小惊喜，也时不时地说班里的小女孩喜欢他。

我觉得孩子是独立的，很多事情他自己去处理。比如自己去买红领巾；比如姥姥生病，妈妈要照顾老人不在家时，自己回家，热个汉堡什么的，还算懂事，还算独立。

突然想起，孩子没有午睡的习惯，有一次，问他为什么不午睡。他说他也不知道，只知道自己小的时候，只要白天一睡觉，爸爸就消失了，上班了，所以，养成白天不睡觉的习惯。

这又是哪一出？

不过，我始终相信，这和我有关，和与孩子待在一起的时间少有关。

我不清楚以后会怎么样，我不愿意给他规划未来，他的未来是他的，不是我的。

我们都是独立着长大的，很多事情都要独立去处理，独立的男生伴随着丰富的内心。

我有时想，也不知道自己老了以后，或者不在世上了，孩子会怎么样，但是，我们在一起的几十年中，我们始终深深地爱着对方，并且也相互独立。这一点，我是没有遗憾的。

这是爸爸的价值观。

“爸爸，你有什么遗憾？”

“你猜呢？”

“我想我是知道的，可是我不说。”

不知道为什么说到这个话题了，这是父子两个人的对话，我也不问孩子到底是否猜到。他只要有自己的想法，就足够了。

今天的雨 永远不会在明天下

<1>

9月12日，《一切如你》全国公映，我们的合作伙伴安馨养老创始人作为总策划人全程参与。鄂总是地产老炮，近年来转型做养老，我们都很清楚，养老不容易做。养老不应称为产业，正如教育不应称为产业一样，挣老人的钱和挣孩子的钱，往往被上纲上线。做公益总是没错的，做一部影片传播孝道、弘扬正能量总是政治正确的吧。

这部片子，居然几乎汇集了中国电影史上所有的第一代“明星”。一位位老艺术家的名字如雷贯耳，于蓝、于洋、秦怡、田华、谢芳、刘江、许还山，哪位出来，都能坐镇一方，何况16位，还有中青年演员刘佩琦、奚美娟，年轻人喜欢的张艺兴都参演了。

我安排在当代MOMA百老汇电影院点映这部片子，邀请我们的业主观影。影片结束时，按照策划，请几位青年导演和观众们互动，其中一位中年女性观众积极地站起身来，工作人员把话筒递给她。大约有一分钟，她一直不说话，我们坐在她的后排，看不到她的表情。主持人圆场："这位阿姨，您平复下心情，想想要表达什么？"这个捻子，点着了她的话匣：

"……我一边看，一边哭，一直在哭，一直在哭。我觉得对不起自己的父亲。母亲去世后，他想找个老伴，我不能体会他的孤单……所以，我不同意。他和我闹别扭。我就是不同意，他说了一句让我痛彻心扉的话……他说我穷，不能养活他……我怎么也想不明白，我觉得我没有不养活他，我只是不同意他找老伴。"

"我觉得我的子女不理解我们这一代人，我希望我的子女能够理解我们，我们也会老，我觉得现在年轻人不能理解我们的付出，所以我想，我也不能理解我父亲的付出。我记得小时候，父亲带我出去玩，我喜欢一本小人书，他就毫不犹豫地买给我，结果发现，身上一分钱也没有了，又要把小人书退了，才能坐车回家……我父亲，我对不起他……"

她一直在哭，说话一直在哽咽。言语中有很多无奈，很多委屈，很多自责，但是又有很多"我觉得"。

几百个观众都没有动，始终在听。

我记录下来这段，是因为我相信每个人都做过类似的事情，总觉得自己是对的，对父母，对孩子，对朋友。父母老了，安排了以为他们喜欢的行程，买了以为他们喜欢的东西，其实，也许就是一起多待一会儿就足够了。不再想说，子欲养而亲不待，都有精力，都有时间，没有去做，大多数是“我觉得”。

<2>

中秋节，我在读王小波的《沉默的大多数》。我一直不太喜欢王小波，也没搞清楚为什么那么多人追捧他，但这并不妨碍我读他的书。没看之前，估计是知识分子的高傲与隐喻，通过文字的排遣与发泄。通读之后，知道他所处的特殊背景的大时代后，才明白他确实不能酣畅淋漓地批判谁。纯熟的文字运用，整本书都是一种“能看懂就看懂，看不懂就算了”的调性。王小波就是王小波吧！

看看这几句话：

> 我相信这不是我一个人的经历：傍晚时分，你坐在屋檐下，看着天慢慢地黑下去，心里寂寞而凄凉，感到自己的生命被剥夺了。当时我是个年轻人，但我害怕这样生活下去，衰老下去。在我看来，这是比死亡更可怕的事。
>
> 在我周围，像我这种性格的人特多——在公众场合什么都不说，到了私下里却妙语连珠，换言之，对

> 信得过的人什么都说，对信不过的人什么都不说。保持沉默是怯懦的。
>
> 我选择沉默的主要原因之一：从话语中，你很少能学到人性，从沉默中却能。假如还想学得更多，那就要继续一声不吭。

如果有人说，看过这本书，就是受到自由人文主义的教化，这就大错特错了。

这世间，原本就没有想表达什么就表达什么的自由。当然，王小波也不是这个意思。

我们可以对正义表达赞美，对丑恶表达憎恶；我们可以对那些明显破坏公序良俗的事情，发表自己鲜明的观点！

我们有时不清楚，什么样的事情是代表大多数人的利益，什么样的事情只代表了少数人的利益，因而对此无法评论；

我们有时也不清楚追求真理的过程中阶段性的对与错，无法说出自己的意见。

我觉得王小波只是特立独行地体现他的独立思维而已，并不是要号召什么或者倡导什么，他只是他自己而已。

<3>

八月十五云遮月，儿子要拍几张月圆的照片，月亮之

上的彩云纷纷扰扰。

昨天深夜，大雨间隙，我没有睡熟，起身踱步，临湖，静沐月辉普照，路灯氤氲缠绕。

我感受到自己的呼吸：一呼，周身凉爽；一吸，通体透亮。

夜的每一刻，如一天，在分秒中瞬间放大。我深知自己没有虚度光阴，只是细密度还是不够，岁月如水，漫过脖颈。我知道，很多事情，放不下，很多事情，放不下就是放下！

我是一微尘，对待万事万物，还没有觉悟，所以要去尽心尽力；

我是一世界，面对千言万语，还没有听懂，所以要侧耳倾听；

一个人，微凉如雪相伴，我喜欢。

一个人，灿若樱花扑面，我喜欢。

滚滚红尘，这是命啊。

回到屋中，我煮了一壶茶，不是龙井，不是普洱，是八宝茶，这不纯粹。

晚餐的外卖还摆在桌上，外加，庆幸我还没有失去炒一盘羊肉粉条的功力；

人间的烟火，窗外的静谧，莫名其妙的满足。

窗外的路人形色匆匆，灵魂与肉体如影随形；

我对他们摆手，担心吓到他们。年龄渐长，相信鬼神了。

但是，我更相信，心里有光，无惧夜路。

那光，是理想！不宏大，是归途！

恰巧这时，一个同事发来祝福说，三千白果或总裁，我喜欢这个三千白果。是啊！我也喜欢，可是我不能只做三千白果。

第二章 / 清欢无别事

相忘 不相忘

我很不喜欢香港，一直都不喜欢，但是并不陌生。因为工作经常要到香港，每次都尽可能快去快回。

这和最近一段时间的香港乱局没啥关系。这次去，有人问，你对最近的这些年轻人的举动有什么看法？我实在不知道从何说起，这种所谓争取自己权利，却妨害其他人的权利；所谓争取自由，却妨害其他人的自由，立场还用说吗？

正好在 8 月 13 日，香港启德机场大面积停飞，我又有董事会要开，只能到深圳转陆路进香港。同事提前安排了一辆包车。司机师傅主动搭话。我不会说粤语，普通话经常有隔离感，我一直觉得香港的司机师傅不太主动和乘客说话。这次是司机师傅问："我最近一天来深圳接客人有两个来回，客人直接飞启德机场不方便。你怎么看这些事情啊？"有点儿试探我的态度的意思。

我问他："这两个月对你的生活影响大吗？"

“大。怎么不大？收入降低了一半还多!”他答。

“你觉得，为什么会到这种程度？”我很想知道他的看法。

“没房子住啊。我和我老婆、两个孩子、两个弟弟和我的妈妈，住在一个 50 平米的房子 15 年了。去年两个弟弟出去住了，我想再申请一间，已经三年了，还没有轮到我，看周围的人排到 6 年以上才有希望。像我这样的人身边好多，有的人孩子二十多岁也要住在一起，大家没希望。你看新加坡就不是这样喽!”

他照顾我粤语的障碍，用非常不熟练的普通话，絮絮叨叨地说了一路。生活艰辛、物价很高、未来迷惘……大致就是这个意思吧。

快下车时，他说：“你喜欢看香港武侠小说吗？”

我有点儿诧异：这和武侠小说有什么关系？

他又接着说：“现在生活这么难，载客人去哪里也不安全，真希望有侠士能拯救我们……呵呵。”他自己也笑了。

我没法解释，现在的香港，不具备“侠士”出现的土壤。

顿了一下，这位司机师傅居然说：“香港的精神已经没落了!”

我问他：“什么是香港的精神？”

他拖着腔调，无奈地说：“不放弃喽，永不言败喽。不过现在，不是这样啊。”

最近一段时间分析香港街头现象的文章太多，大到国际关系、中美贸易，深到地产金融、地产政治，远到秦汉时香港就有人居住的缘起……我就别画蛇添足了，也是分析不透的。

不过，这位司机师傅居然向往武侠小说中的英雄人物能在危急关头拯救大家，是一种自我安慰吧。

但是，香港现在更像一个“江湖”，暗流涌动，刀光剑影，风险重重，乱象丛生。

乱象出侠义。侠义在当代世界有很多种形式，可能会表现为见义勇为、侠肝义胆、奋斗不止；我很难揣度那个司机师傅说的“侠士”是拯救什么？不过，现在的香港，似乎过度依赖英国遗留下来的所谓“法治”，民间的“侠义”在乱象中没有起到救济的作用。

武侠小说，我是看了不少，最早的是平江不肖生的《江湖奇侠传》《近代侠义英雄传》。我问几个身边的年轻人，都不知道平江不肖生是谁，他可是近代武侠小说的奠基人，根据《江湖奇侠传》改编的《火烧红莲寺》当年得有多火！《近代侠义英雄传》让大刀王五、霍元甲的形象深入人心。我把两本书翻得最后连锁线都断了。后来，才看梁羽生、金庸、古龙、卧龙生、诸葛青云、司马翎、倪匡、温瑞安的各种大部头小说。

不过，盐是怎么咸的，醋是怎么酸的，我一直没有忘记，虽然《近代侠义英雄传》上很多拗口的文字，当时理解上似是而非，现在看来，却直白通俗。

武侠小说的江湖，有侠义产生的土壤，要么改朝换代、逐鹿江湖；要么钩心斗角、争霸武林；要么寻宝觅珍、复仇报恩；要么铲除奸佞、匡扶正义，大刀王五之于“戊戌变法”，霍元甲之于“东亚病夫”，以及其他武侠故事的脉络，莫不如此。

而当下的香港，原本号称是全世界最有法治精神的城市，居然也不断上演各种破坏公序良俗、正常秩序，冲击司法机构的事情。

我以为，在民间缺乏更强有力的对街头运动反制的力量，那就是一种自动自发的“侠义精神”。在生存不易的大背景下，很多人选择了默认、允许、等待。

健康的社会人格中，克己复礼是主流，也更需要一种侠义精神。可以无“武”，但是一定要有“侠”，这种“侠义”是渗透在历史巨轮中的健康力量，更是一种保护自己权利的自我救济，这也许就是那个司机师傅内心的声音吧。

小说里的武侠世界，毕竟是在特定历史背景下的虚构、加工。而当下，在文明、法治社会中，敬畏道德、古道侠肠就难能可贵了。

生活不需要隐喻

<1>

端午节组织公司高管在香港开研讨会，落地时已是凌晨，到酒店收拾停当大约2点多，发现房间没有转换插头，就在工作群里询问同事谁有，细心的同事让服务员送到房间。一会儿，一个没有休息的同事私信我，太晚了，应当休息。我不是矫情，早睡是好，也要适合自己的体质。早上不疲惫，晚睡早睡都是一个样的吧。

签会儿文件，打开公众号，看看读者的留言。褒奖的多，批评的少。

仍然是同样的问题，几乎每篇都有人问："你是什么时候写这些文章的?"

我想了想，平时身不由己，只能抽空来写。更多的时候，是发泄情绪的时候写，难过的时候写，想转移注意力的时候写，想骂自己的时候写。

所以，看上去有的时候是在开导人，有的还被称为"鸡汤"，其实，写的过程，就是开导自己、转移自己的注意力、骂自己的过程。

我有写文章的自由和权利，当然就有不接受别人非议的自由。

看后台很多留言，颇受感动和启发。也有几个人，不知道为什么，就莫名其妙骂娘、骂天、骂地，这个我就不接受，果断拉黑：世上已然是如此难过，我们还要接受这些“垃圾能量”吗？

不！坚决不！

有人问，怎么没有见过你写诗？

我写过，在 14 岁之前，而且都是发表在铅印的报纸杂志上。

15 岁之后不写了。

写不了。

我不想疯，不想自杀，不想痴，更不想凑合。

所以，这个阶段写不了。

戴望舒说，诗不是某一个感官的享乐，而是全感官或者超感官的东西。

这个年龄段，我不能驾驭全感官或者超感官。

此时，我想说，

世有多舛，我有多强。

这句话，可以入诗，不做标题。

<2>

失眠真的不好玩。一年总有那么几天失眠。

恍惚间，一层黄沙没过脚踝，一层稠泥过膝，再一层沥青及胸，赶上海浪扑面而来，突然醒来。

为什么要失眠？

身体大约有70种疾病和失眠有关，所以，病痛的种子是被提前种下的。

没有人想失眠，却有大量的人夜不能寐。

一直把“眠”“寐”理解为“睡觉”，很少有人能那么完美地昼眠夕寐，蓝笋象床，再豪华的床榻，也解决不了睡不着的问题。

不失眠，哪里有“窈窕淑女，寤寐求之”；更没有“有美一人，伤如之何？寤寐无为，涕泗滂沱”；

不失眠，哪里来的“月落乌啼霜满天，江枫渔火对愁眠”。张继估计就是个默默无闻的进士；

不失眠，“无奈夜长人不寐，数声和月到帘栊”的李煜就会湮没在历代帝王的花名册中；

葡萄牙伟大的作家费尔南多·佩索阿说过，生活就是伟大的失眠；

歌德的传记中说，战胜失眠的好方法是旅行；

大发明家爱迪生表述过这样的观点：睡眠完全是一种习惯，一个人不必要睡那么多，鱼整夜在水中游动不睡觉，马晚上也不睡觉，第二天仍然精力充沛。人睡得少一点儿，就多一些时间做事。

“凌晨四点醒来，发现海棠花未眠。凌晨四点凝视海棠花，更觉得它美极了。“它盛放，含有一种哀伤的美。”川端康成的《花未眠》如是说。

看看这些人，聊以自我安慰。

恍惚中，日本著名现代艺术家奈良美智的作品“失眠夜娃娃”有点儿率真，有点儿邪恶的脸庞出现在眼前。我知道，这是真的失眠了。

我仔细看过美国海军两分钟入睡法，先放松眼窝、脸部肌肉，接着放松双臂从胳膊到手，然后安放好心脏，最后从大腿放松到脚趾，如果还不行，就告诉自己，不要想、不要想、不要想……

YES！你睡着了吗？

NO！还没有！

手一抬，触摸到一团软体蒲团，原来，家猫横在床中间酣然大睡。

<3>

我是多有勇气，在飞机上耐着性子看完了韩片《燃

烧》。

改编自村上春树的超短篇小说《烧仓房》。

钟秀和海美两个老同学偶然相遇。

海美喜欢默剧，整容，抽烟，居住在阴暗缺乏光线的小屋里，养猫，随便带人回家，可以脱衣服跳非洲舞；

钟秀梦想当作家，现实中却打杂挣钱，父亲有暴怒症，母亲早就离家出走，意外出现是为了让儿子替她还钱，自卑而敏感的小伙子。

第三人“BEN”，把工作当玩，住大 House，喜欢聚会，癖好是烧塑料大棚，可以坦然坐在钟秀的破卡车中而让朋友开着保时捷接自己。

剧中有几个隐喻。一个是海美的“大饥饿舞”。真正灵魂饥饿的人才去探寻生命的意义，而小饥饿可以用物欲解决；海美既有大饥饿，也有小饥饿。打零工聊以为生，出去旅游要攒很长时间的钱。把钟秀当作自己的生命之光，其实稍纵即逝。海美很清楚，钟秀不是阳光普照，而是挣扎的一根稻草，而这根稻草，也随波逐流。

所以，海美从非洲回来，带回了“BEN”。她说小时候掉进一个井里，绝望的时候，那个说自己丑的男孩钟秀出现并救了自己。她借助钟秀解决自己的“大饥饿”，依靠 BEN 满足自己的“小饥饿”。她四处求索活着的意义，其实所有的行为和结果都毫无意义。

另外一个隐喻，是“塑料大棚”，我认为是指众生中每个人实质都是“蚁民”，无论是做什么，有钱还是没钱，在自己的阶层里，都是挣扎过活的难堪，在更高一个阶层的人看来根本不足一提。所以，晾晒荒野的大棚，被无聊的人烧毁却无人过问。然而，那些大棚里也许有一条又一条鲜活的命。“大棚”无论有多大，在想燃烧它的人眼里，都无足轻重。BEN 说，我想做这件事情的时候，“胸腔中响起贝斯的低音”，大致就是这个意思吧。燃烧、大麻、杀人，都是手段而已。三个人的多种“饥饿”交织在一起，肚腹饥饿、孤独饥饿、亲情饥饿、爱情饥饿、灵魂饥饿……在某个时间与空间中交汇。看看那个镜头，BEN 带着海美在钟秀家混乱、简陋的院落前，坐在破败不堪的简易椅子上，轮流抽着大麻，莫名其妙地大笑，晚霞金色和黯淡的光线一点点沉沦。如果当作一个切片，你几乎以为它隐喻着三个好朋友对未来的憧憬。BEN 说，他喜欢自己制作餐食，是因为像“给自己做祭品”，多么可怕的暗指和隐喻。而海美在叙述非洲日暮绮丽景色时，说，“死太可怕，如果能像最初那样不存在就好了。我也好想像那晚霞一样消失”。

我以为，生活不要隐喻，应当直面，不要等死亡之神降临，才知道危险的来临。

九 住 心

<1>

依然在一个凌晨，开车到北京坊 PAGEONE 24 小时书店。

春寒夜冷，穿一件单裤就觉得有点儿凉。好在书店外巷道有嫩黄的灯，朦朦胧胧，匆匆走过，有暖意一点一点渗到体内。

我已经第四次在这个书店看到这样一个中年女人。

她坐在书店外玻璃窗前行人路边的木条凳上，打开一个饭盒吃饭。那是小时候上学拎着去学校的那种饭盒，长方形，铝制品。如果现在非要找到一个一模一样的，可能要到一些展示老物件的地方才可以看到。

她往嘴里扒拉几口饭，认真地盖上铝皮盖，晃晃悠悠地回到书店中一个高台凳子边，坐下。她戴着一顶灰色帽子，看不清面容，面前摊开一个笔记本，不停地记录着什么。脚底下放了一圈塑料袋，每个袋子都鼓鼓囊囊。不知道里面装的什么东西，应该不是书。

24 小时书店为很多夜里消遣、逛街、恋爱、爱书和没有地方去的人提供了休憩的空间。

我宁愿相信那个女人不是精神有问题，而是真正爱书、迷书。

我只不过有疑问：她整个晚上都待在这里吗？其中一次，她趴在桌子上，保安过来说，不要睡！不要睡！

她抬起头，眯着惺忪的眼睛，动作麻利地站起身来，拎着那个饭盒，走出书店，在她的座位正对面，隔着一扇大玻璃窗的那个凳子上坐下，开始吃东西。显然，她不放心堆在书店外的那些塑料袋。

我去了几次都看到她。

城市的夜里每个人都是一个故事。

我翻着摄影、金融、宗教、建筑之类的书籍。

几个老外，肆无忌惮地推推搡搡，静谧立即被打破。

一个孩子，10 岁左右，和父亲一起，我依稀听他说，这本是汪曾祺写关于猫的书，我要买。

一个落寞、漂亮的姑娘，一直在翻一本庆山的书，庆山就是那个红极一时的安妮宝贝。

保安不耐烦地不停看着手机，我相信离别人接他的班至少还有 6 个小时。

…………

对面是中国最大的星巴克体验店。透过书店和咖啡馆的两重橱窗，星巴克里奢侈的空间感十足，那些杯子、咖啡豆，还有拿铁的味道，一定弥漫着一些遐想。

外面的静物，包括被装饰的树，满树的彩灯，挂着白天来往路人的愿望；屋子里，各怀心事的读者，各不相干地站着、坐着、走着。

这世界似乎和谁都不相干，不同的人在不同的空间中踯躅，过一会儿，时间就会让什么印记都不再留下。

<2>

一个夜宴。本来是谈工作的，不知道怎么就说起了和工作无关的事情。

并不熟悉的人问，再让你年轻十岁，你怎么过?

我实在不知道怎么回答，又担心交浅言深，就匆忙用“呵呵”结束了对话。

如果一定要让我回答，我并不愿意年轻十岁。

首先，根本就不可能，连假设都不必要。

其次，过去的十年，是你结结实实地在一年一月一天一分一秒中经历过来的，度过来的、熬过来的。你的精神、肌体、意识、行动无不是在一秒一分一天一月一年中赤裸裸地被洗礼。

人间四季，柳摇花嫩，热浪凉风，弦月云蒸，冰雪雾凇，我们并不介怀，为什么会对自己的年龄如此挂心？

我坚定地想，不需要再回到年轻，痴心妄想折磨人，往后的岁月一分也少不了，其实更多不了一分。长寿是占了便宜吗？未必！离开的那一刻，是开始的另一刻。

可能需要思考的是，倒带十年，那些无谓的应酬就不去了，浮光掠影的见面就省去；该下的决策要果断，不属于自己的不要强求，这都是已经踏上开往未来的列车后的假设吧！

其实，就算回到十年前，该犯的错误还会犯，该错过的还会错过，表白未必能说出口，伤害仍然留下了遗憾。

我以为，岁月如同一封信，用毛笔写过的信，哪怕再潦草，比在电脑上敲出来更生动。

无须重新来过。

<3>

听说过希腊神话中的阿多尼斯吧？这个少年出生时就俊美动人，爱神维纳斯都主动向他倾吐爱慕，而阿多尼斯不为所动。过于完美的事物总是不会长久，花样年华，阿多尼斯背着爱神出去打猎时，被箭猪攻击而死，死后滴滴鲜血染红了牡丹。维纳斯哀恸不已，整日对着牡丹痛哭。

宇宙之王宙斯被此举感动，允许阿多尼斯每年复活一次，春天复苏，秋天魂飞，成为一个驻世的植物神灵。

人间有个词叫作遗忘，还有一个词叫作难忘。

一个人可能一辈子不会忘记一个人或者一些事。一大群人难忘一个人和一些事情，就非常难得。

公司开发项目中的香港百老汇艺术电影中心，近几年每年都有一群人自发为16年前跳楼自杀的张国荣举办各种形式的纪念活动，而且加入的人越来越多，声势越来越大。“荣迷们”不仅有张国荣在世时听过他的演唱会、看过他的电影、收藏过他的唱片的70后、80后，还有大量他过世后才接触他的信息并喜欢他的90后、95后。

萌萌就是这样一位。

她说她17岁才真正了解张国荣。

我们经常在她的朋友圈里，看她追寻张国荣生前的踪迹，去片场、去香港、去苏州同里、去榆林，去所有张国荣去过的地方。不仅如此，她和同伴们还帮助那些喜欢张国荣、却没有条件去香港的“荣迷”满足心愿。

她第一次去香港东方文华酒店的那天，香港8号风球，大雨滂沱，她跟着一起泪如雨下。她无法想象，为什么一个人有勇气从那么高的楼上跳下来却没有勇气活下去；

她说她专门去杭州西湖找到张国荣搭乘过的一条木船，

向马上要退休的船家仔细询问张国荣乘船的情形；

她说上学时，经济条件不允许，就用思念纪念张国荣，上班后有经济条件，就用行动纪念张国荣。所以，每年到张国荣的生辰或者忌日，就和“荣迷”们一起组织纪念活动，从设计、文案到视频都亲自动手，参与《失业生》《阿飞正传》的全国联映，做哥哥舞台剧、黑胶鉴赏。

萌萌说，一个患重病的“荣迷”收集了十几年几乎所有报刊上张国荣的报道，她怕自己身体条件不允许，没有办法更好地保存这些资料，多方打听，辗转找到萌萌，托中间人交给萌萌，希望善待这些珍藏。那是足足五大本剪报，记录了张国荣各个时期的作品和照片。后来，萌萌和这位“荣迷”失去了联系。萌萌想了很多办法都没有再找到她，有的人说她已经不在了。萌萌说，哥哥会保佑着这样的“荣迷”一切安好。

我其实一直很纳闷，为什么一个明星去世以后，还能持久地、让人自发地去纪念，比如梅艳芳、张雨生，甚至李小龙。在一个时间段，大家集中纪念或者追忆完全可以理解，但是，张国荣的粉丝们超越了时空，超越了人群。

她说，他早已不是影星、歌星或者明星，是信念，是信仰。放大一个人的美，放大一个人的优点可能是偶然，但是一群人不断放大一个人的优点，这也许就是答案。

我们应该尊重每个人不同的情感，有些情感执拗而短暂，有些情感炽热而绵长。

“在这人世间，在这凡人堆里，你可怎么活哟。”

<4>

确实，人间再好，你早已不在。

很多事情不懂才好奇。

真的不懂唐卡。

受朋友的邀请，到中国美术馆参观一个西藏画师的唐卡艺术展。开幕式来了不少人，包括文化部前部长。

这个来自西藏的画师不会讲汉语，很谦恭的一位匠人。迎来送往，见面送了哈达，便去招呼更多的来宾。

现在的艺术展，不管哪个门类，开幕式似乎都“官味”十足，先要感谢领导的关怀。我有点儿纳闷，这不是一个艺术活动吗？

熙熙攘攘的参观者，我稍微有点儿思想抛锚。现在各行各业都心浮气躁，艺术家的原创精神缺失，作品和卖多少钱画等号。有点儿市场的画家恨不能多长几只手，多生产几张画。

艺术家如果“生产”作品，就离艺术越来越远了。

没有人可以免俗。但是，艺术也不能是绝世峭壁的

“雪莲”，如果藏在深山无人识，传承和传播又成了问题。

想着想着，在展馆里转了好几圈。

参观的过程，有人对着没有保护措施的唐卡画面打喷嚏，有的溜溜达达，有的衣冠不整，有的旁若无人地唱歌，实在没办法和这墙上肃穆、精湛的艺术相匹配。

好在，一切眼前的俗心俗事，都正常而必然。这并不能掩盖作者对唐卡的虔诚及其艺术造诣。

观画即观景，观景即观人，观人也是观人心。

看的过程中，那些细腻的笔法，让我一而再、再而三地想起四月樱花。

樱花最美，樱花易落，绚烂而决绝，缤纷入泥时不留半瓣在尘间。

唐卡的颜料里有金、银、珍珠、玛瑙、珊瑚、松石、孔雀石、云母、朱砂、蓝铜矿……还有只是听说过的黄莲花、蓝靛、藏红花、花青、胭脂……

对佛教仪轨、神像的身姿、表情、服饰、法器，都要了然于胸。

绘前仪式、磨布、构图起稿、白描定稿、着色染色、工笔洗彩、勾线定型、铺金描银、开眼、缝裱开光，这个过程煎熬而痛苦。

朋友和我说，很多唐卡画师在工作结束时，会惊讶于自己的成果：这些都是自己画的吗？我明天还能画成这个样子吗？

天下之大，万事万物，岂能长生不灭……

所以，我觉得唐卡的意义是要把极致的事物在历史长河中打捞出来保存下来。

旁边的耄耋老人，对陪同的人说：作画的人灵台澄明，九住心的修为很高。

我之前仔细读过西藏著名唐卡《调象图》关于“九住心”的注解，包括内住、续住、安住、近住、调顺、寂静、最极寂静、专注一趣、等持。我等不必把每层含义都了解透彻，知道这是个无论对技艺还是对精神来说，都是由浅入深、由表及里、从陌生到纯熟、从专注到无所障碍的过程就是了。

再用我们熟悉的语言，就是从“见山是山，见水是水”，经过“见山不是山，见水不是水”，走向“见山还是山，见水还是水”的修行过程。

王国维也曾用词句表达过艺术和人生境界的演进：“昨夜西风凋碧树。独上高楼，望尽天涯路。”“衣带渐宽终不悔，为伊消得人憔悴。”“众里寻他千百度，蓦然回首，那人却在，灯火阑珊处。”

一张唐卡绘画需要几个月甚至是几年，而且唐卡创作者的艺术生命是很短暂的，40 岁以后，无论是体力还是视力都无法再适应创作唐卡的精细需要。艺术生命，是要用艺术还原的，更是需要用初心来还愿的。

走出美术馆，阳光明媚！

人间四月天！上午签约，中午应酬，下午花一点儿时间，没为难自己，洗涤一下眼睛，解脱下烦躁的心情。我不清楚，自己是处在九住心的哪个阶段？

黑夜白昼间 乱飞鸦

<1>

儿子生日那天，公司人力资源恰好安排我和新入职的职员晚餐交流，我没有拒绝。

我和儿子商量："你不介意晚上妈妈和你过生日吧？"

"我不介意。你在或不在，是一样的。"他抬头看我一眼，然后很坦然地继续打游戏。

我知道，儿子没有半点埋怨，这是他的真心话。如果陪他，他很开心；不陪他，也不闹心。

送到餐厅，他下车的那刻，穿着一双运动鞋，休闲裤，还有一件圆领衫。少年不怕冷，初春三月，不肯穿外衣，短袖，三步并作两步跑了十几米开外。

我在那个年纪时为什么总是那么忧郁？心事重重，不阳光，像个得病的中年人。不记得是不是为赋新词的惆怅，总之是缺乏儿子这种见到阳光就灿烂的豁达。

特别想把儿子那一刻矫健的身影，然后回过头来，喊声"爸爸早点回来"的片段拍下来——可是，他转身就进了餐厅。

<2>

我对油画充满好奇，但其实不懂。小的时候想学但是没有条件，所以对画画好的同学总是有特殊的好感。长大了，也一直搞不懂印象派、枫丹白露派，还有什么巴洛克派、抽象派……

但是我对那种泛着光的用蓝色、紫色涂画出来的作品毫无抵抗力。

比如莫奈的睡莲系列。

所有伟大的艺术背后都是极尽苦难和丰富的人生阅历。一帆风顺和波澜不惊，造就不出伟大的艺术家。我对莫奈这样一生坎坷、年老气衰、患有白内障还能成就伟大作品的艺术家更是心生崇敬。

之前，看分析文章，有人说，莫奈把功力发挥到淋漓尽致的，不是莲花本身，而是周围的绿水、气流、微风形成的光与影的融合与映射。那时是看不懂的。

“接天莲叶无穷碧，映日荷花别样红”。相信莫奈不懂唐诗，可是，诗与画的气质相通。

我不知道莫奈为什么喜欢画莲，而且每幅田田莲花用笔的色彩都那么浓重，像没有融化的琼浆。恍惚间，莲花似乎是活着的精灵，摇曳生姿。我不确定对莲花能否用“媚”字形容，或者用网络语言“撩”来比拟，总之，满眼鲜活的莲花！蓝到极致就是紫色，不管是紫，还是蓝，其实都是忧郁，让人窒息的寂寥！

当你低头的瞬间
才发觉脚下的路
心中那自由的世界
如此的清澈高远
盛开着永不凋零
蓝莲花

<3>

一个朋友带日本著名的建筑师隈研吾来公司拜访。

我介绍项目时，说到我们的项目是美国建筑师 Steven Holl 设计时，他面无表情，不知道是不是文人相轻。交流不多，主要是探讨初步的合作。机缘不巧，没有和隈研吾找到合作的机会，我知道他在上海还开了工作室。

后来，我仔细阅读他的《建筑的声音》。世界上所有的艺术都是有共通性的，不同领域、不同人在描述自己擅长的领域时，要想让另外一个人理解，就得采用某种“通感”，让另外一个人感同身受。用另一个领域的表述方式，有时更能说清楚自己对这个领域的认知。

我觉得，隈研吾就是要把建筑这种“凝固的音乐”，用声音生动地表现出来。他在书中说：

——啪啦啪啦：倘若物与物之间并未严丝合缝而是存在间隙，则可称之为“啪啦啪啦”。“对于生物来说，最重要的不是比例，而是一种啪啦、间隙得当的感觉。”

——沙啦沙啦：“气体或者液体（或光）在通过排列整齐有序的粒子时往往是顺畅无阻的，这种感觉用拟声词来描述就是沙啦沙啦。”——应该是指建筑的各个结构之间有一种通透感。

——骨碌骨碌：“骨碌骨碌通常是形容向心螺旋运动”，对应的就是建筑体现螺旋上升的设计元素。

——啪嗒啪嗒：指建筑物表面的褶皱，会给人一种安全感。说穿了，就是建筑物各个层面、表面之间，不是一马平川的，而是制造一种累叠的错位感，给人一种褶皱的视觉形象。

——吱嘎吱嘎：与啪嗒啪嗒一样，也是指建筑物的表面不是平滑单调，只不过，吱嘎吱嘎的褶皱更为突出，呈现出更为明显的折角，以体现出建筑的起伏性。

看完之后，觉得玄而又玄。我不是建筑师，无法真正搞清楚他的灵感和认识，也没有必要搞明白，但是，我知道，他想表达什么！

建筑更需要不断创新，表现手法需要多样性和表达性，他书中所说的“建筑的粒子化”就是这个意思。创新无处不在，不拘泥守旧是建筑师的使命。艺术与艺术的壁垒，是被创新打破的。就他来讲，建筑的灵性是用“不同的声音”塑造的。

那次见面，临走我送他一尊中国彩塑的财神，不知道他作何感想。

<4>

开车时，音乐频道播放华晨宇和毛不易的歌。

其实，这两个孩子的歌曲已经不是我的菜。

我居然也完整地听完。比如华晨宇的《烟火里的尘埃》《蜉蝣》《微光》，比如毛不易的《消愁》《无问》。

现在的孩子多幸福，儿童时就可以接受各种特长教育，不用考虑经济压力，家庭完全解决。这就是时代造就的不平等。

不同的花儿不同的色彩。

华晨宇的《齐天》充分展示了他的才情，写、唱、颜俱佳；当然，也不是哪个年龄段，富有才华的人都可以写出毛不易“像我这样优秀的人，本该灿烂过一生，怎么二十多年到头来，还在人海里浮沉……”的歌词。

华晨宇，让我想起梅艳芳；

毛不易，让我想起了张雨生。

华晨宇是疯狂生长的紫藤，枝枝蔓蔓；

毛不易是山涧中潺潺溪水，缓缓涓流。

儿子问我：“爸爸，你居然知道他们？”

我回答：“我们曾经也是他们。”

<5>

我只看很少数的电影，而且都是半夜到电影院看。通常会一个人占一排，人少，没人在你后排抖腿。

有一个导演的电影，经常无法在电影院看到，就是最直面社会问题的贾樟柯。

我曾经写过关于《山河故人》的文章。文章的最后，我说：“越发珍重山河与故人，更珍重扑面而来的容不得犹豫的时光！”

几乎他所有的影片，无论是什么故事，底层逻辑，都是人的内心从原乡出来，回到故乡，再出发……

那个“原乡”既是一个人成长片段的影像，比如最早一波赶早路边摊吃早饭的白色哈气，比如破败汽车站，斑驳大通轿子公交外，一个青年扛着行李的落魄……也是对摆脱贫困、不堪在家被指责的渴望，还是一直在社会边缘，使尽全身力气试图回归主流的阶级感……

那个“原乡”，是现实的故乡，也是精神世界的原点。最近在浏览他的书《贾樟柯电影手记》。读毕，我对他未来的作品更有期待。

我不是评论家，也不是批评家，只是一个旁观者和经历者。所以，更大程度上，我愿意做一个记录者。

记录过眼烟云中，刺激到大脑的信息；记录一些过后，在另外一个环境中似曾相识的直觉和意识。

这种记录，于我非常有价值，活脑、自娱。

此身此生

我的祖父母、外祖父母都已仙逝，在外看到孩童绕膝的老人，总是不免多看几眼。

春节前，祭奠先辈。同一天，赶到两个陵园。

很多遗憾，在他们过世后都成了定格的回忆。

上初中的时候，我曾经遇过一场车祸，在家休养，耽误一年学业，不过没有留级，居然也踉踉跄跄地一路跟了下来。模模糊糊地记得有一次，爷爷来家里探望，父母上班，我的腿打石膏，也没有办法开门。他守在门外说："给你买了两根冰棍放在门外，自己不要起来开门，我先走了。"等母亲下班回来，打开门，只剩下一个塑料袋和一摊冰棍汤。后来爷爷脑梗躺在床上，无法说话。我上高中学业繁忙，每次都是匆匆去爷爷那里，说几句话就走掉了。等他没了，恍惚间觉得，自己那个时候连多待一分钟的自省都没有。

我曾经写过一篇文章纪念我的外祖父，虽然他离开我们十几年了，依然是我们全家人的精神寄托。很多年前，当我还能够和外祖父对话时，因为一件想不通的事情，他就对我说过，你做的好事、坏事都会还给你，你如何选择？

我们听说过一个字“业”，就是跟随一个人一辈子的东西，你做了什么，你就储蓄了什么样的“业力”。大部分人觉得这些是虚无缥缈的。我不这样认为，你帮助了别人，总有一天，当你需要帮助时，他会还给你。尽管当初你帮助别人时，不是为了将来有人回报你，但是，“业”，就是这样的一种力量，就像物质不灭定律一样，你也会获得帮助，只是表现形式和方式不那么直接罢了。相反也是一样的。

孔夫子说：未知生，焉知死。中国人忌讳谈死。西方文明对死的豁达和东方完全不同。大家在飞机上经常会看到一个喜剧短片“Just a Joke”，里面时不时会有人在教堂外边扮演死人突然坐起来吓路人，而路人知道真相后只是哈哈一笑了事。这在中国是断断不可能的。我曾经很好奇，在西方，经常会看到1∶1复原甚至更大的人体雕塑，欧洲、非洲包括印度在内，历史上遗留下大量的还原或者艺术创造的某个时期的生活、战争、宗教情境中的俊美男人和饱满女人的雕塑。而在中国，都是小比例的陶俑，兵马俑就算是特例了，但是全部都是陪葬品。这应该是东西方文明鸿沟的具体体现。

父母已经衰老，即便现在生活富足，依然节俭如故。

我记得一件事情。我还很小的时候，母亲在医院工作。有一次，正月十五，单位联谊猜谜语，母亲带着我在人群中穿梭，一个一个用字典查，终于猜到一个，从铁丝上把灯笼拽下来，跑到兑奖处领奖。人很多，母亲弱小的身躯被一堆身强力壮的人挤在墙边，几个趔趄，然后还是冲进人群。我当时很纳闷，为什么一定要兑这个奖？我没有感到任何参与所谓联谊的乐趣，只是因为猜到谜底，会有一斤粮票而已。现在，他们老了，不需要再去拼体力，可是朴素依然随处可见，家里堆了太多的东西，都是父亲不舍得扔的。这就是所谓“自性”，一直会带着，跟着。

我们家养过花。不同的花，花期不同，有的短，有的长。但当它是一颗种子时，长成花骨朵时，盛开时，衰败时，还是同一个物种吗？当然是一个物种，只不过每一刻都不同，这不属于植物学的范畴，而是物质的范畴，也是道家所说的“道”的范畴。人在每一刻都是不同的，相对短的时间，我们是无感的，时间稍微拉长一点儿，任何变化都会显现出来。前段时间，我的脚踝上长了湿疹，皮肤很快就有一片红斑。盯着看一阵，觉得好恐怖，那片原本属于你的肌肤已经不复存在，即便是后来痊愈了，淡淡的红色印记也增加我对岁月的隔阂感。

我常常感到，灵魂依托于肉体，是被束缚住的。精神力量的兴奋和强大，让我总是觉得肉体是个拖累。但是能怎么办？精神脱离肉体，不就真的成了灵魂？肉体在不断变化，身体的各个器官逐渐到达功能的顶峰后，随之衰落，这是客观规律。而灵魂却越来越成熟，越来越兴奋，不受肉体的约束。这两者的关系自古就是哲学或者宗教的难题。

人来的时候都是流水，去的时候只如风。

既然都觉得不能谈“去”，就说说此生的此身，此身的此生。我常常劝父母，凡事不要钻牛角尖，想吃就去吃，想玩就去玩。其实，他们想吃，也没那么大胃口了，想玩，腿脚不那么利索了。那就更应该从容一点，孩子的事情，就让孩子去解决，社会的事情就让社会去解决，可以操心，可以担心，可以不放心，但是一定要从容。别人的苦，自己也替代不了，别人的快乐，跟着一块开心就好了。好好对待自己的身体，就是为下一代积攒最大的“业”。

至于自己的肉体，它就像一个容器，盛着目标理想，喜怒哀乐，悲欢离合。这个容器，又牵连着一大堆的容器。因缘际会，旋转运动的速度还没有慢下来，一定得过滤掉多的抱怨、犹豫、惶恐和不安，用最好的状态，旋转到又一个“生”的开始。

我说，此生的此身，既然只有唯一，为何不自度？此身的此生，既然没有选择，为什么不度它？

边知边觉

<1>

我记得大约有这么个故事：一个虔诚的人在湖边坐禅、修行，有一天睁开眼睛，看到满湖盛开的莲花。修行的人，动了一个小念头，伸手摘了一朵莲花，正要起身，从空中传来一个声音："为什么偷采我的莲花?"修行的人，当然有修行的心智，知道莲花不属于自己，便惭愧地顶礼忏悔，自责有了贪念。

正在这时，又有一个人来到湖边，自言自语地说，要采莲花去卖掉。于是，跳进湖里，把泛着光芒的田田莲花糟蹋得不成样子。那个修行的人站在旁边，等着那个不知道什么地方传来的声音去阻止他，但是始终没有出现任何声音。

他纳闷地问："为什么我只采了一朵莲花，你就指责我？这个人毁了所有的莲花，你却一句话也不说?"

虚空中的声音又响起来："你是有知有觉的人，一瓶纯净的水，只要一点儿墨汁，心就被污染了。他是个不知不觉的人，心已经是浑浊不堪，我也帮不上什么忙了。你不要觉得不公平，有人提醒你，你的缺点还能够被人看到，并告诉你。这不是一件值得庆幸的事情吗?”

这是一个被我改造的故事，我想借以表达的是，我们每天都会遇到不知不觉、有知有觉的事情，常常为“知和觉”而烦恼，比如知道深浅而不觉悟，或者知道薄厚却无法觉悟。

<2>

经常会遇到下属问我，同样的事情，为什么批评我，而不批评他？我想也不是因为谁的心浑浊，而是谁具有灵敏的觉悟，你说他，他能够迅速改正；有的人，迟钝麻木，你提示他，他以为在找他的问题，所以也就懒得提醒了。

正好参加一个房地产企业高峰会议，是一个坚持了十年的企业家俱乐部办的。俱乐部吸引了越来越多的人参加，我觉得有一个重要的因素，就是价值观。

价值观看似无法描述，容易空洞，但是好的价值观，其实就渗透在行为和具象的东西中。

晚餐时，一个企业家问俱乐部发起人：“十年前，你就知道是今天这个样子吗?”

“那个时候，哪里想得清楚?”发起人回答。

先知先觉的人实在太少，不知不觉的人是大多数，边知边觉是常态。边去实践边去思考，然后再实践。

时间是不知不觉流淌过去的，为时间的流逝而焦虑完全没有必要。真正值得焦虑的是，不知不觉地时间消逝，而没有进步，没有更新，没有更深的觉悟。

<3>

又要说到公众号，写房地产的自媒体公众号特别多，而且很多影响力非常大，大概因为这个每年 15 万亿的市场，从拿地、市场、客户，到开发、建设、运营、产业、金融，可以无穷无尽地延伸。不管是实业还是产业链的上下游，或者是干脆链接出来的机会，都能让一个公司、一个人有口饭吃。如果下点儿功夫，还能过得很好。

一个自媒体的朋友问我："你写公众号是为什么？你自己操盘，管理企业、管理人，得有多少数据、内幕、故事，随便拿出来几个，阅读量估计就得超过 10 万。"

我回复：是这个理儿，但是就像一个建筑师往往不愿意在任何时候都提画图的事情一样，每日爱它、恨它、依靠它、创新它、改造它、更新它，在另外一张白纸上，我就宁愿漠视它、超脱它。在"知与觉"这个行业的同时，我不写房地产，站在另外一个角度抽离它，才能有更多的想法、更多的思考。

譬如，你有一个重要的工作，是在三个月后拿到一块地。公司的投资标准很清晰，有资源支持，要你去做。接到任务那一刻，你开始思考，是否在公司圈定的区域内？自有资金是否匹配？那个区域最近 6 个月和未来 6 个月的供地计划是什么？当地客户喜欢什么样的产品？当地的政策是友好的，还是趋紧的？

你立刻在脑海中出现一个清单，这些事是自己去做还是分工去做？

由于我不是在论述房地产如何拿地，所以，并没有把该列出的问题全部呈现。我要表达的是，设定了这个任务，你清楚哪些已经知道答案；哪些要组织人去找到答案；哪些根本就不清楚，却会对结果产生重要影响。这个就是边知边觉的过程。

先知先觉的是圣人或者神人，预知结果，肯定有神的帮助，或者不为人知的原因，你并不清楚。

不知不觉的人，就是不设定明确目标，或者设定了目标，也不采取行动，直到偏离目标的结果产生。

后知后觉的人，已经被这个时代所抛弃，或者即使存在，也被裹挟其中，没有作用。

边知边觉就像驾驶，经验积累一点，就立即去验证。

阶段性成果达成，就要继续跑到下一个路标。到达一个目标，就立即接力新的起点。

先知先觉是极少数；后知后觉也不容易做到；不知不觉是我们叹息时光的借口；边知边觉，才是人间真实的味道。

想通这一点，一定要开心吧，而开心的时候，要由衷地笑哦！这就是边知边悟了。

风雨不欺　岁月不惆

最近频繁遇到的事情是：

“我喜欢你的公众号。”

“原来不知道是你，现在知道了。”

多少有点儿尴尬，原来当开公众号是一种释然，是转换角色。终归是无法遮掩，这个世界没有死角，都是透明的。你是透明的，我是透明的，字是透明的，事也是透明的。

透明，我喜欢。

这一年，我也喜欢。

无论是惊涛骇浪，还是细微之处；

不管是大雪，还是小雪；

或者是色与空或者是空与色；

大还是小；阳还是阴；

都是身心合一的过程，

都是格物致知的体验，

也是我们真实和想象的生活。

——《小雪色空》

一灯引千灯，我理解：
每个人都是光亮的，我们的心更明亮；
如果每个人都是一束光，
光与光交相辉映，世界就更明亮。
——《灯灯相映，光光无碍》

来，也要顶天立地；
去，也要通体光芒。
——《即来即去，不来不去》

生命中的每个片刻，都是要经历的心灵跋涉；
生活中每个温暖，都是有滋味的清欢。
——《清欢无别事》

选择一条比自己认为的更难的路，
吃到一些比自己认为的更难的苦，
就是漫漫前行中的修行。
来也是如此，去也如此！
——《自讨苦吃，是最好的修行！》

岁月更替，欣欣向荣。
欣欣向荣的不只是颜值，而是预期。

2018 年最后一天。

300 人在一起开会，检讨、路演、交流。

复盘固然重要，更重要的是预期。

有的人静水深流。

有的人热泪盈眶。

有的人激情澎湃。

有的人黯然神伤。

这是多么丰富的一个世界啊！

我们感知到的，某个时间某个空间的某个人的某种行为，其实，无非是某个行为的某个人，在某个空间某个时间的自我感知。

这一年，母亲身体有恙，没有及时陪伴；

这一年，儿子升初中，第一天去学校，是孩子妈陪送；

这一年，对自己的进步不满足，但坦然；

这一年，一个夜晚，坐在夜光下，沉浸在静谧的内省；

这一年，读了 56 本书；

这一年，对团队倾心鞭策，但不满意；

这一年，应该做的事情很多，没有做，也并不遗憾；

这一年，亲情相守，是大爱；同事相守，是担当。

事不圆满，人不完美，是常态！

风雨不欺，岁月不惘！

小雪色空

<1>

小为未盛，雪尚未重。

谓为小雪。

而夜未央。

我喜欢夜，白天理性，多决策，多奔跑，多锐利；夜晚感性，对生活容易更多眷恋，更多咂摸。

临睡前，看朋友圈，年底行业评选，有幸受邀参与，媒体也发起投票游戏。我想，不必装清高，也不会强求。一切随风，随它去。如果在一个领域，强到不必投票时，强到一骑绝尘，那才是真强，所以，都不是真强，而在强的过程中。

蓦然，看到初中的一个同学也在朋友圈为我摇旗呐喊。她写下这样一段话："探索与坚守，披星戴月，不忘初心。那个怀揣梦想持刀上马英姿飒爽的少年依然在此。无关岁月与年龄，也许他丰富人生的某个时刻，可以看到那个满腔热血的自己。"

毕业以后大家各奔东西，联系甚少。其实，同学还是同学，少年已不是那个少年，终于活成了自己不喜欢的样子。

记得初三，在另外一个同学家复习功课。下雨。大家凑钱猜拳出去买夜宵。结果我和她输，只有一把伞，两人端着一个黑黢黢的锅，穿过巷子，踏着碎砖，到处寻找小店面。我们离得很近，却不失礼貌保持若有若无的触碰，一路无语，端着一锅牛肉拉面回到屋里。五六个同学纷纷围拢上来，你一碗我一碗分食，而我俩，你看我，我看你，竟然是没吃到的那两个人。

那夜的雨啊，为什么不下得更大一些？

那夜的路啊，为什么不更长一点？

那晚小雨，不是小雪。

如果这个世界没有这些温暖，生活就是一个严重的错误。

<2>

网上有个段子：

什么关系？什么关系？你倒是说话啊，到底什么关系？

晚上 10 点，楼上一个女人大声咆哮。

邻居那颗八卦的心立即急速跳动起来。

一个怯生生的稚嫩童声结结巴巴地说：“是……是……是互为相反数关系。”

陪孩子写作业的妈妈伤不起啊！

昨天晚上 11 点踏进家门的时候，似乎就发生这样一个段子。儿子蔫头耷脑，给我使眼色，他妈妈满屋子给他收拾学习用品。

相对无言。儿子沉默，洗漱完，轻轻踱回自己的房间。孩子妈妈要早起，一言不发回屋休息。

我看书，不能参与，多说一句，我知道是什么结果。

孩子妈妈没睡着，说，我需要静静心。

随后，从外屋搬进来一个椭圆形的物件，应该是个鼓，有八道莲花瓣状的音舌。

“这是什么?”我问。

“色即是空，空即是色。”孩子妈妈半开玩笑地说。

“嗯。知道你想做什么。”我回答。

对啊。每个孩子的娘亲都有可能作河东狮吼，每个女人都有可能在另外一个时间红袖添香。

“色空鼓!”

于是，我的耳边响起一首《沧海一声笑》，这才是她的本色嘛。巧手起落，随着曼妙空灵的鼓声，孩子的娘亲已偃旗息鼓心平气和。

如果这个世界没有这些片段，生活将是多么乏味。

<3>

由这个鼓，我想到了“色”与“空”。

我理解的“色”，就是有形和无形的物质吧。你知道还是不知道，你喜欢还是不喜欢，你看到或者没有看到，它都在那里能看到，它都在那里。

我理解的“空”，就是信仰、情感、厌恶、狂热、欲望……概而言之就是“意识”。造物主多么精妙，有“物质”就有“意识”。

每个人的一生都在看到、听到、体验、占有……“物质”，就在这个过程中，产生、转换、消耗、消灭……“意识”。

梅兰竹菊、风花雪月、山川冰河……莫不是三千微尘；

爱恨情仇、喜怒哀乐、悲欢离合……莫不是无穷无尽；

能怎么样？不都是身边的一人一物组成的吗？

回到现实，参加一个行业大会，非常盛大。

晚间，非常尊重的一个合作企业的董事长接待我们。席间相谈甚欢，我们知道他创业维艰，经历苦难。他一点儿也不避讳过去的经历，十分豁达而淡泊。

按道理，他可以不搭理小事，但过程中，他一直在张罗：弥补对朋友招待不周的细节，时不时起身到屋外安排一下。

包括，他对我说，你是穆斯林，我们都是用的清油。

无论是惊涛骇浪，还是细微之处；

不管是大雪，还是小雪；

或者是色与空或者空与色；

大还是小；阳还是阴；

都是身心合一的过程，

都是格物致知的体验，

也是我们真实和想象的生活。

识言途语

我就站在月亮下。

月如玉盘，白光洒。

透过初秋开始落叶的枝丫，洒似蒸腾的织锦，剪成长衣。

正在听人衣大人的《诗酒年华》，有感而发，随手写下这三行。

我不愿意蹭热点话题，数落那个曾经众星捧月今天变成千夫指的女明星。

随她去吧。她难的时候，你根本连过客都不是。她金锦玉绣的时候，和你半毛钱的关系也没有。那些请她代言过的企业，在她落难时哪个敢站出来说半句？

现实就是这个样子。

可是，女人优雅的时候，光芒根本无法掩盖。

比如昂山素季，看上去那么瘦弱、清癯的身形，什么时候都不忘在鬓前插朵花。不管身陷囹圄还是手握重权，败下阵来的是岁月。

再比如，一次夏夜凌晨 2 点落地北京，机场其实没有多少人，多是接人和拉活的司机。出口处，一个盛装的女生，捧着鲜花，专注地看着鱼贯而出的人们。肯定不是哪个小鲜肉的粉，就这一个小女生在等。说盛装，是因为在一群人中实在太扎眼，周边的人或者短裤或者拖鞋，偶尔有人手里拿着一张临时写着接某位领导的牌子，皮鞋也肯定脏兮兮的。这个女生，一步裙干净素雅，上身着淡黄色碎花衬衫，梳起的发髻上有一个发卡，很醒目。

生活中某些仪式感让人侧目。

这几年，最好的状态，莫过于晚上睡得着，遇事想得开，睁眼接着干，闲暇有乐趣。

五年前遇到一件大事，现在看来又是一件小事，夜不能寐，躺在床上，直直盯着天花板到天亮，以为过不去。你的大事，都是别人的小事，想清楚了，去解决就化解掉了。想来所有的事情都是有多种答案的，所有的困难都是有解药的。从那以后，就不再睡不着。很奇怪的一件事是，即使做梦，也不会纠结，比如梦到水淹脖子、初中女同学塞个纸条什么的，能怎么样？接着睡吧。

生活中很多细节，可能是无头公案，没头没尾，也可能是无厘头，可笑但是真实。假期中，和儿子结实地待了一天，小伙子嫩白的脚丫总有湿疹，之前不太清楚。坐在桌前，他一只手写作业，一只手挠脚丫。我看到，坐在他旁边，认真地拽着他的脚放到我的腿上给他挠了5分钟。儿子保持这个姿势一动没动，临了不自然地说，谢谢爸爸。

社区有个商户，刚开张时就认识了，老板是个摄影爱好者，没事时进去欣赏一下他去西藏游历拍摄的照片，店面300多平米，蛮大。我经常纳闷他的商业模式是什么，靠卖几张西藏的照片恐怕是不能维持开销的。后来得知是星云大师的弟子，在店里供奉了十方诸佛菩萨唐卡，经常靠一些善缘供养圣物化解各种开销。坚持了5年之久，而且看上去还要继续坚持。心中有坚持，因果不断出现。

蔡澜说，生活就要随心、随意去过。我们没有办法随心随意。我总是觉得，我们的路，是不断蹚出来的，有时知道方向，有时不清楚方法，有时靠识别，有时畏前行，不过一路识途，一路记录，一路言语，还是必要的。

心即坛城

最近的事情很多。

P2P 一个接一个爆、疫苗事件、青岛双胞胎溺亡、地产质量事故连发……

虽然是公众事件，其实每个人都无法完全置身事外。冷漠，只可能让“下一个就是你”的魔咒上身。希望能从自己开始，多一点危机意识、多一点敬畏、多做一点正能量的事情。说起来容易，做起来却太难。

我们的生命其实就三天：昨天、今天和明天。

昨天做过什么，今天不一定有结果，明天会有。这一天，我们做什么，为下一天埋一粒种子。这个种子破土而出的时候，要么是邪恶，要么是美好，要么戴着亦正亦邪的面具看不清楚。不过，总是有某种神秘的力量知道。

有一点，我确信：心怀敬畏，是一切行为的原点。我不敢肯定自己做到了，但是，告诫自己，一定努力做到。

前几天在上海参加中国房地产领袖峰会，每个篇章转换时，主办方安排沙画描绘出不同的主题。沙画的表现形式已经司空见惯，就没太在意。每个演讲的地产人，在台上侃侃而谈，说形势、讲企业、道趋势、话优势、叙产品。

我也花了 20 分钟讲企业的创新，讲的过程中，恍惚间，脑海中居然出现纪录片《香巴拉深处》精美的坛城。沙画和我们的演讲一样，就是现实生活的坛城。无论是色彩斑斓，还是业绩非凡，不过是一座历史长河中的坛城而已。必须去做，必须进取，必须一笔一画地描绘，也必须下功夫。

最近在读《树的秘密生命》，那些之前不知道的“秘密”让人兴趣盎然。非洲的金合欢树，为了摆脱长颈鹿的大快朵颐，短短几分钟可以在叶子里散布一种毒素，并且迟缓地通知周边的金合欢；而动物的智商似乎更高，很快就跑到逆风 100 米以外的金合欢树边开始它们的饕餮大餐。

我们平时司空见惯的树木、森林间，居然像网络光纤那样，遍布着各种触角似的微弱信息，在不同的树种中传递，媒介是一种真菌。整个地球上的原生态的树木，都通过根部的电化学物质，交换着若隐若现却庞大的信息。真菌散布在土地中，把树木都链接了起来，而树与树都保持着一种合作的状态，允许真菌在自己的根部穿过。同时，真菌从树木那里得到糖分和碳水化合物，大家默契地共生共荣。

之所以总结书里这么陌生的知识，是因为和这些树木一样，当我们向社会索取一切的时候，能量守恒定律发挥着作用，我们的索取和付出一定要在某个时间和空间等量。

我经常在想，不要总是想拥抱明媚的晨曦，其实那些在黑暗中闪亮的繁星都被忽略了。很多人向往“婆娑世界”，其实“婆娑”就是要忍，忍受孤独，忍受委屈，忍受一个又一个挑战，没有“婆娑世界”，只有你不得不去的未来世界。现实是这样，连植物的世界都是这样。

坛城是什么？

是静水深流的内心世界，是追求自由的大道，是屋里一盆蝴蝶兰的盛开与凋败，还是身边的孩子从稚嫩到喉结突出。我已经深刻地感受到，曾经抱着儿子，让他骑在脖子上，举过头顶，扔向空中再接住的轻松；到现在，不经意地打闹，他有力的臂膀几乎可以把我推个趔趄的尴尬。这是旺盛的生命力，勃勃生机的成长、内心渴望长大和不再变老的坛城。

一个小学同学，从毕业后就没有见过面，自从有了微信就联系上了。我们从来没有互相问过现在的生活，尊重彼此。

有一天，他突然发个微信来：“我的个性一直很倔强，从不求人，这次却要开口请你帮忙。”

我正要回复。

他紧跟着又发了一句：“这样不好，就当我没有说。”

……

然后，我就无法发信息过去了。

我不知道发生了什么。但是，隔着手机，我想他一定遇到了难处，鼓起勇气然后瞬间被自尊冲走。

不过，我相信，一切都会好的。因为，我们唯一能够对抗命运的，就是更加积极地面对命运。

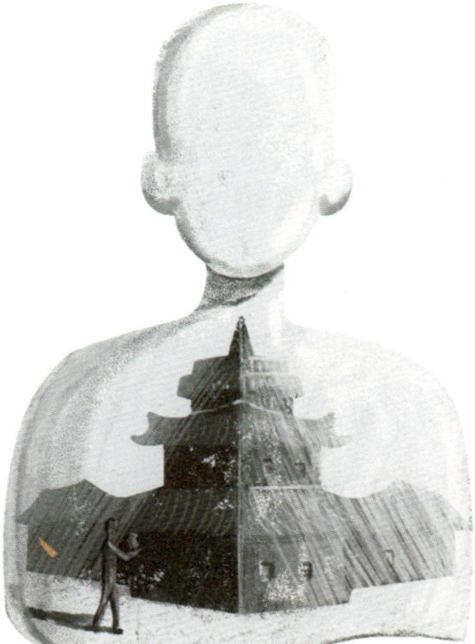

半夏至 一生长

<1>

在这个季节应该开的花都绽放了。

半个夏天已去。

中午2点，到一个合作伙伴公司参访、商谈。车外酷暑，行人匆匆。中午急急忙忙在食堂吃了几口，在车上突然想，此时要是能吃到一碗凉面，该有多幸福。

古代将夏至分为三候：一候鹿角解。鹿的角朝前生，属阳，夏至日阴气生而阳气始衰，所以阳性的鹿角开始脱落。二候蝉始鸣。蝉开始鸣叫，蝉鸣里树影婆娑，炎热难耐。三候半夏生。半夏是一种阴性植物。这个时候喜阴的生物茂盛生长，而阳性的生物却开始衰退。

大自然安排得多和谐。阳气旺盛时，一定阴气已潜伏。冬天蛰伏时，酝酿着相反季节的能量。

这样的光景多适合养心，修心，滋养心。

我经常提醒自己，浮躁总是让自己做出错误判断，急躁多会行事不准。一路前行，一定要不断养心、修心、滋养心。养心不能不豁达，修心不能不有趣，滋养心不能不舍得。静下来，冰雪也在我心。

随缘养心，借事修心，处处滋养心。

我得意地想，能够悟到这“三心”，半夏生，就是一生的多次繁华。

<2>

回到家，已是凌晨，进门处摆了两个大黑色塑料袋，爱人还没有休息。

见我进门，她说：“先别换衣服，和我出去一趟。”

“大半夜的去哪里?”我问。

“我整理了一些不穿的衣服，我们送出去。”她回答。

我拽开口袋，很多衣服还很新，我印象中儿子似乎也才穿过一次、两次的，还有没拆封的包装。

“这个时候，送给谁?不穿就扔到楼道垃圾箱吧。晚上物业有回收的人。”我一连串疑问。

“别问那么多，走吧。”她怼我。

于是，我们一人抱着一个很大的塑料袋，下到地库，开车出来。在小区附近的一个十字路口拐弯处，爱人示意我停车。

不远处，停放着一辆三轮摩托，一对夫妻在卖水果。

爱人和我抱着塑料袋，走近两人。爱人应该总是在这里买水果，看样子很熟悉的样子。

“姐，出来遛弯啊，来点什么?”

“是啊，姐，这么晚了。”两口子夫唱妇随。

“昨天和您说，家里有孩子不常穿的衣服，整理了两袋子，换你个西瓜噢。”我爱人回答。

“得嘞!”对方爽快答应。

三言两语，这个“交易”居然就完成了。我一头雾水地跟着拎着西瓜的爱人拐弯上车，然后回家。

“这是干什么?”我问。

“这夫妻两个在小区附近晚上摆摊很长时间了，还带个孩子，眼看着孩子越来越大，有时还睡在拖车上。那天收拾屋子，整理出这些东西，干脆就给他们。”

“那你还换什么西瓜?”我追问。

夫人微嗔：“给你，你会要吗?他们都是自食其力的人，如果不是，谁会半夜摆摊啊。”

“人家怎么知道你的衣服还能不能穿?”我又问。

“凭心了吧。”爱人回答。

我想我肯定微微有点儿脸红。这么多年过去了，爱人依然保持朴素的生活习惯，总是与人为善，释放我忽略的光芒。

我承认，每天、每小时在忙碌中，不再关注生活的真实，不再最大限度地观照内心的善意。

可是我们身边的人，他们的生活依然晴光潋滟，依然初心赤诚，尽管是很小的事情，但是很真实，很真实。

<3>

6 月 20 日，朋友圈有人自发纪念何泽慧先生去世 7 周年。

谁是何泽慧？很多人不知道。我也是 2005 年才开始听说，并成为她的“粉丝”。

何泽慧先生出身在一个大“贵族”家庭，这个“贵族”，不是指财富，而是“家族的尊贵”。何先生的父亲何澄，同盟会成员；母亲王季山，物理学翻译家；姐姐何怡贞，中国第一位物理学女博士；姐夫葛庭燧，金属物理学、国际滞弹性内耗研究领域创始人；哥哥何泽明，金属学专家；弟弟何泽涌，中国细胞学专家；妹妹何泽瑛，中国植物学专家；外祖父王颂蔚，蔡元培的恩师；外祖母谢长达，中国著名的教育家。

何泽慧和丈夫钱三强，都是中国院士，一个家族，六个院士。她和丈夫钱三强，发现铀核的三分裂变和四分裂变现象，并预言裂片的质量分布。这被称为是“第二次世界大战后，物理学上最有意义的一项工作”。西方主流媒体赞誉的“中国的居里夫人”，说的就是何泽慧。

何泽慧先生和丈夫一辈子住在中关村上世纪 50 年代的小区中，破败不堪，昏暗的楼道里贴满各种小广告，院里到处可见各种各样的杂物。何先生常年走路去学校教学，买地摊生活用品，手里提的是人造革书包。两位巨匠“文革”时被下放“五七干校”去劳动改造，历经苦难，却相濡以沫一辈子。为什么一直住在一个地方没有搬家？不是没有条件，而是为了怀念，何泽慧先生给单位、子女都坚持表达过，不搬离小区，不改变家具陈设。

我经常为那些取得巨大成就，淡泊从容，执子之手，与子偕老的故事而动容，比如钱钟书、杨绛，比如钱三强、何泽慧。你许我半尺花窗，我给你一世光芒。他们的成就惊天动地，性情却和光同尘。

所以，前一阶段，媒体提起“国家精神”时，我想这应该就是最具代表性的“国家精神”吧。

七年前，何先生去世的时候，应该也是那一年的半夏吧。那一瞬间，那一刻，应该是我们不知道的另外一个精神世界的开始。我想，那个世界，同样也因为拥有了何泽慧先生而盛夏光年。

加一句，有一次，我在写一篇文章时提到“杨绛先生”，后来，有读者在公众号后台善意留言，说杨绛是位女士，不应该称作“先生”。我想，应该补充一下，没有什么称谓能比“先生”更恰当地表达对何泽慧先生的尊敬了。

已到半夏，昼短夜长，蝉鸣鼓翼。沉思的夜越长，期许的心越敞亮。

人之四季，周而复始。每个节气，都是新的开始，每个开始，都是新的希望。

一生够短，一生够长。

每个半夏，都珍惜。

不是游记 是白日梦

5 月份，有 7 天在欧洲，是公司惯例，年度国际研学。虽然今年整个房地产形势趋紧，业绩压力很大，不过，还是要学会用明天来看今天。

行程依旧很紧，德国建筑设计公司、被动房、新能源企业、城市街区综合体、巴黎市中心养老机构……

抽出半天时间，参观巴黎卢浮宫。不进到一个城市的博物馆，等于你根本就没有来过这个城市；不进到一个城市的博物馆，你一直还沾沾自喜地认为自己知道得够多。

先不说卢浮宫，说午餐。

由于上午是参访当地养老运营机构，所以请了一个翻译，中国女孩，会 4 国语言。翻译过程特别认真，法语发音又特别好听，听不懂内容，听发音也觉得有趣。中午同事请这个女生推荐一个特色餐厅。

于是，才有机缘来到圣日耳曼大道后小巷中，巴黎第一家咖啡馆 Le Procope，据说也是世界上最早的咖啡馆。

店门前有一块石碑，上面刻着光顾过这个小店的顾客名字：拉·封丹、伏尔泰、本杰明·富兰克林、丹东、马拉、罗伯斯庇尔、巴尔扎克、雨果、拿破仑……每个名字在历史长河中都熠熠生辉。

女生很认真地带我们参观，边走边告诉我们：伏尔泰在巴黎时就是在这个座位，每天喝几十杯咖啡；18 世纪欧洲启蒙运动思想家卢梭就在这里创作他的著作；法国大革命三大巨头罗伯斯庇尔、丹东和马拉都曾在这里畅谈理想；卫生间的标识不是写“男士”和“女士”，而是“男性公民”和“女性公民”；拿破仑年轻时，因为没钱买单在这里留下了军帽作为抵押——如今已经成为“镇店之宝”……

“我经常在下午来这里静坐，点一杯咖啡。下午这里没人，只点一杯，主人也没有意见。”“我学法国文学专业，这家咖啡厅所有的历史细节我都认真地研究过。”

我突然想起，前一阵子，在朋友圈里看到一个词“鱼鱼雅雅”。查了百度，是“鱼行成贯，鸦飞成阵”的意思。女生翻译的举手投足似乎也是一种“鱼鱼雅雅”，任凭游人如织、来来往往，一定在有限的时间里，关照内心的雅趣，不断地积极影响别人。

之后就参观了卢浮宫。

根本没有办法把几万件展品在半天中看过，甚至不能走马观花浏览。如果只去看看镇馆三宝——维纳斯、胜利女神和蒙娜丽莎，又一定是附庸风雅。

所以，我决定跟随自己的内心，让自己“鱼行成贯，鸦飞成阵”。

我喜欢印象派画家莫奈。晚年得了白内障的莫奈仍然痴迷于满塘莲花，那幅著名的《睡莲》后来被拍卖到天价。

我喜欢高更。《月亮和六便士》影射高更，当年高更走上摘月亮的艺术道路时，是否考虑过六便士对自由有多重要？

我喜欢塞尚。命运坎坷的艺术家，一生居然是先甜后苦，命运在后期来了个大逆转，少年得志，老来穷困潦倒而死。

我也喜欢提香。罗马皇帝查理五世到提香画室时为他捡起画笔，并说，世上最伟大的皇帝给最伟大的画家捡起一支画笔。这个典故，可以管窥艺术家在王权面前的地位。

同时，我不敢看毕加索，不敢看达·芬奇，也不敢看凡高。因为，仰望是一种病，一种对他们的作品百思不得其解的病，星空璀璨，耀眼成疾，索性放弃。

确实不懂绘画，既不能只看表面，又无法得知画背后的故事，所以，只能去猜测画家当年可能的场景和灵感。

所以，走一路，就猜测和策划一路。比如相同题材不同画家的情况很多，耶稣受难、首领被俘、战场就义，这类画作，阴暗、忧郁，情绪激烈，表情夸张；宗教类的画作，肃穆、严肃、神圣，气势恢宏，还有就是丰腴多姿、活色生香、各具神态的人体画……

只有三个小时的参观，很快就到了要离开的时间，晚上安排了一个合作伙伴的餐叙。此举，就像前行的苦行僧，站在河边，凝望一朵正在悄然盛开的莲花，还没有闻到花香，又被催促上路。苦恼的是，你的某一个频道立即要调整到光怪陆离的现实场景中，谈清洁能源、谈共享办公、谈国际金融市场、谈中法经贸往来、谈中国和欧洲的差异。所以，情绪的转化，使得对事物的判断和存在的价值有片刻的疑虑也情有可原。

我必须要记录下成年后偶尔的放飞思绪的这个下午。那些人名、那些故事，是少年时一个又一个渴望成年的榜样。那些作品，是豆蔻年华时以为自己会过那样一种生活的遐想。这些榜样、这些遐想，虽已停留在舞勺之年，但是依然跟随着身体、年龄的长大藏在某个神秘的角落里蓄积，激励、鞭策和透视着我的内心。

所以，静下心来思考，告诉自己：

渴望自由和平静，

不能在选择中焦虑；
短暂的时间，
也要抓住一切机会补充养分，
充实自己；
期待美好的到来，
不断全力去争取；
每一件很普通的事情，
都可以让它充满趣味；
有时只能全力以赴做一件事情，
有时要同时做几件事情；
应该专注地把眼前的事情看深、学透，
多线程地多推动几件事情；
不断丰富自己的知识结构，
自己擅长的事情入木三分，
不擅长的事情，
争取掌握基本信息。
假如生活是你内心的模样，
就认真体验；
假如生活不是你内心的模样，
更要认真地刻画和体验。
不念白驹过隙的过去，

不惧扑面而来的未来，

不放过每个当下的美好，

永远对生活充满好奇，

永远对不知和未知的事情，热情求知。

是以为记！

清欢无别事

<1>

年底是开会季，各种论坛，在参加一个圆桌讨论时，主持人问我："当下时刻，你认为幸福是什么?"这太含混了，什么都可以叫做幸福！凡是想得而不得的，在追求和创造的过程中，都可以称之为幸福。饿时，一块蛋糕；病时，一声问候；困顿时，一只援助之手；路难时，一个偶遇的搭车……都是幸福。

不用去想，什么是幸福，每一个时刻，活着就是幸福，爱着就是幸福，受着就是幸福。停顿了三秒钟，由于有上下语境的因素，我说："由于我的努力，让我身边的人，努力用正道，让他们获得财务自由和精神自由是幸福!"主持人立即显得很机智地接话："那我恭喜您的家庭，您的爱人，您的孩子，因为您的努力，让他们获得财务自由和精神自由。"

我没有解释，但我实际上不是这么想的，我身边的人，不是仅指爱人、孩子，还有职员、团队。当然，这都不重要，就是一次采访而已，云起云散，去做就好了。

< 2 >

凭想象已经无法还原历史，那个时代，那么多大师，在泥泞的操场上锻炼，漏雨的课堂中听课，黢黑的防空洞中读书……一点也不夸张，看到《无问西东》的最后，一个画面闪现一个大师时，我浑身发抖。灿若星河的泰斗：钱穆、蒋梦麟、杨振宁、钱钟书、沈从文……无不闪耀着高贵的光芒。西南联大，是中国教育史上的“珠穆朗玛”，也是中国知识分子绝世的“风骨”。

在这部影片最后的档期，我看了夜场。影厅里没有几个人，所以，或者是攥紧拳头，或者表情丰富，没有人会关注，只有自己了解自己的内心。当看到，王力宏扮演的沈光耀驾驶战机俯冲敌舰时，如果有人非要纠结是否技术上能实现，实在是煞风景。不能说谁的灵魂唤醒了谁的灵魂，只要有不同的感动，就足够了。

我对自己说，“死亡来临前，我一定要找到你!”不要把这句话当作故事中的情节，而是自己对内心的追问。

< 3 >

冬天午后，一只瘦弱的麻雀，飞到办公室的窗台上，

似乎是迁徙途中短暂休憩，也似乎是在干冷的空气中无助落脚，又似乎是外出觅食，总之，这样一个时间点，出现一个这样的小生灵，总觉得有点奇妙。正好同事进来说事，再扭头看时，窗台上居然又多了一只麻雀，还没有走近，两只小鸟扑棱着翅膀飞远了。仓促之间，用手机照张照片的机会都没有。

紧张的工作，怡情的片刻，不需要任何意义，瞬间的清欢，组成了万物共生的画面。

<4>

每年年会，都有温情。一个在公司工作16年的同事，女性，在不同岗位上担任十数个不同的职务。而今为人妻、为人母，依然敬业、依然全情投入。

年会前，公司走访了她的婆婆，老人从头到尾，就表达一个意思，只要儿女好，自己就好，请公司放心，家庭不是拖累。这是中国大多数老人的心态，只要儿女好，自己怎么样都可以。

从爱护老职员的角度出发，主持人现场煽情地采访她，“是什么让你坚持这么多年?”“傻呗。每天都那么忙，没有时间考虑留下还是走，一晃就16年了。”

“傻”，不是真“傻”，而是“真”。用“坚持”“韧性”“忠诚”这些字眼，都不能真切地体现这个“真”字。“真”才是留白，给成长最有说服力的注释。

我总是在想，每一天，我们遇到那么多人和事，我宁愿相信大部分人和事的真情实感，而刻意忽略另外一部分的虚与委蛇。

唯一要做的是，不断地经历。

无论从哪里启程，去向哪里？

总有一天，当我们鬓白如雪，简衣素衫，落寞无语时，我会在笔记本上写下：

生命中的每个片刻，都是要经历的心灵跋涉；

生活中的每个温暖，都是有滋味的清欢。

明年亦何欢 今年亦何苦

才到 12 月 2 日，已经收到各种提示，告诉你 2017 所剩无几，该努力的努力，该放手的放手，该爱的肆无忌惮地爱，该恨的无可奈何地恨。

其实，确实是这样。坐好小板凳，单手握好手机，郑重地再次提示，你要即将和 2017 说 BYEBYE 了。一生看似太久，可是只有平均 3 万天，看看这是你第几个扑面而来的新年？

<1>

尽力就好。

其实还有 28 天，才是盘点 2017 年的时间点，不过大多数结局已经明朗，尤其是业绩。如果已经全力以赴，如果已经全情投入，如果已经不遗余力，对自己的敬业、勤奋有个交代，对孩子、对父母、对爱人、对生活有个交代，在这一年，拼过、奋斗过、狂奔过，已经了无遗憾。

陌生号码我一直不接，如果是快递，办公室同事会去取。

这几天，有个号码打了很多遍，我总是挂掉。

他发来短信说："您买的《城市的胜利》收到了吗?"

我回信："没有!"

"噢。"他回复得简单。

第三天，同样一个电话号码，发来短信："《城市的胜利》放在前台了。你方便接下电话。"

我很好奇，接了半分钟后他打来的电话。

他说："哥，我晚了两天给你递过来的，你可不要投诉我。"

我错愕，其实，我根本就没有在意。

"为什么晚了两天?"我问。

"我给搞丢啦。自己下单给你又买了一本，别投诉啊。"电话就挂了。

其实我没搞清楚，他是怎么知道我订了那本书？又为什么要告诉我?

我想他还是尽力了，为自己尽力，也足够了。

<2>

2012 年 1 月 1 日，凌晨 2 点半，没有睡着。

没有任何理由。我给我近一年没有见面的朋友，发了微信：“年底要见个面啊，我还真想念你了。”

这个朋友，是19年前我刚到北京，在一个报社工作时认识的北京纯爷们儿。记得很多年前，在某个大排档吃烧烤时，他光着上身，告诉我，这就是北京的“膀爷”，满身肉，白花花的。刚来北京那会儿，住得远，在大兴旧宫，上班要换四趟车，晚上盯版的时候，办公室一个弹簧床挤过，无聊时，居然从北京小西天，走到珠市口。

再忙，也没有疏远过，不见面，也要问候的。

三分钟，他回过来：“年底要见下哈！时间你定。”

这一年，见了很多必须见的人，见了很多不喜欢的人，见了很多必须见你的人，也见了很多不喜欢你的人。如果还没有见你想见的人，还有不到30天，见见他们，聊聊天，天地豪情，风轻云淡。

<3>

突然想起一个小故事。

1935年冬天，美国陷入一场严重的经济危机中，纽约穷人区正在进行一场审判。一个年近六十、面容憔悴、身体佝偻的老妇人坐在审判席上，她偷了一个面包。法官叫做菲奥雷洛，也是这个城市的市长。

他说：“你认罪吗？面包是你偷的吗？你很饿吗？”

“是我偷的，我认罪。”老妇人回答，“我很饿，但是如果只是我饿，我还不会这样做。我的女婿死了，女儿生病，我还有两个外孙子。他们太饿了，需要那个面包。”

“你必须接受惩罚，法律对谁，都是一样的，无论什么时候，什么人，毫无例外。你必须支付10美元罚款或者10天监禁，你接受哪个惩罚？”

“我接受10天监禁，如果我有10美元，我就不会那样做！可是，谁来照顾我的女儿和外孙呢？”老妇人说完掩面哭泣。

这个时候，法官拿出10美元放在帽子里，交给法庭，并对老妇人说："你自由了。"

他对所有人接着说："在场的每个人都要支付0.5美元的罚款。"众人惊呆了。法官说："冷漠的城市逼迫一个老人去偷窃，我们都要接受惩罚。"

于是，每个人都拿出了0.5美元，法官把47.5美元全部都交给了老妇人。老人拿着钱的时候，所有的人都起立鼓掌。

这个审判既维护了法律的尊严，又给冷漠的社会注入了温情。后来还成为经典判例。

爱因斯坦说过，这个世界不是毁在作恶者手中，而是毁在冷漠者的手中。

不要把所有的故事都当作鸡汤，如果触动了自己，如果觉得因此可以改变过去的一些想法和做法，我们就去接受和继续改变。2017年，我们的身边有很多事情发生，有不忍目睹的作恶，有粗鲁执法的冷漠；2018年，多做一些善事，多一些对他人的关心。如果过去冷漠，能不能试着撕开冷漠的口子，让温暖照进来？也许每个人多一点点的温暖，力量就无比的强大。

<4>

每一年都很苦，每个月都很苦，每一天都很苦，而且

会越来越苦。因为，你的目标一天比一天大，你的愿望和欲望一天比一天强烈。每一年都很欢乐，每个月都很欢乐，每一天都很欢乐，而且会越来越欢乐。因为，越来越接近你的梦想，越来越觉得满心欢喜，未来可期。

每个誓言似乎异常脆弱，每个信念又坚不可摧。不发誓言，坚定信念，今年不苦，明年也不苦；今年欢乐，明年亦欢乐！

月是有情心 心是无情月

又是中秋夜，和公司一个假期没有回家的小年轻在办公室度过。站在窗边，楼下有人仰头看月亮，很寂寞，我想多半是伤心人。

想起几个小片段，不要辜负了有情心，也不要辜负了无情月。

<1>

“必须和他分手，没有忍受的必要了。”华灯初上时，她站在阳台上，凝望丈夫回家必经之路。她思前想后，思绪像黄昏时漫起的雾气一样让人捉摸不定。行人匆匆赶路，而他每天都在十点多以后才回家，把她一个人留在家里，这对一个才结婚几年的新人多么的不公平。她幽怨地摘下摆在石沿上的石榴花叶，站了许久，也许是累了，像孩子一般跺了跺脚，叹口气回到昏黄的屋中。

时针指向十一的时候，敲门声响了，她不理不睬，他小心翼翼地开了门，见妻子正襟危坐在沙发上，一边搓手一边赔笑说：“又回来晚了，公司有事。”气氛异常沉闷，她沉声说：“咱们分手吧。”丈夫嬉皮笑脸地说：“看，女人的杀手锏是出来了——”话还没说完，她又重复了一句：“我们分手吧。”今晚她没有喋喋不休地数落丈夫，只是简简单单地重复那句话。

他终于感觉到自己作为丈夫真的有些不称职了，他安静地坐在离妻子不远的沙发上，一支接一支地抽烟。她默默地站起身收拾被褥，走到另一间房子，以示自己并不是开玩笑。

窗外的风沙沙作响。他灵机一动，取下挂在墙上的风筝说：“分开一段也好，不过你得答应我，再陪我放一次风筝！现在！”她诧异地说：“你疯了。”丈夫给妻子披了一件衣服，拉着她的手下了楼。

这风筝做工多么精细，色彩浓淡相宜，纹纹相咬，造型新颖。这是他们结婚后特地找到一个风筝巧匠精心制作而成。想起两人谈恋爱的时候，他陪着自己在黄昏时放风筝的情形，妻子不禁伤感起来，为什么天下的男人都一样，千辛万苦得到的东西却不知道珍惜。她想起自己的父母并不喜欢他，可是她却执意和他结了婚，婚后，他再也没有陪着她放风筝，郊游。风筝也只好挂在墙上当作摆设了。

两人来到下面的广场上，月朗星稀，她觉得仿佛回到少女时代的那种浪漫。她站在丈夫身边看着他做那些久违的动作。风筝在星夜里居然飘飞了起来，偌大个月亮挂在当空，那情形美极了！

丈夫扯着风筝线说："记得吗？那次在枫树林边，我们的风筝被一个小男孩抢跑了，咱们两个人都追不上他……"丈夫以为她回心转意了，根本没有意识到美好的回忆此时像针一样扎在她脆弱的心头。

她接过丈夫手中的线，风吹干了不知什么时候流下的泪水。她一只手掏出带来的小剪刀，悄无声息地剪断了风筝线。丈夫愣住了，说了声："你——"然后沉重地转身走开了。

丈夫整晚在寻找他们心爱的风筝。

满屋寒意。丈夫拖着疲惫的身体回到家里，双手空空，显然没有找到风筝。妻子沉默地坐在沙发上，心里升腾起一种心疼的情愫。他觉得屋里有些憋闷，到阳台上吸烟，过了一会，他突然返回房间迅速脱了衣服，香甜入梦。她迷惑不解跑到阳台上，然后悄悄躺到丈夫身边，枕着丈夫的臂膀沉沉睡去。

窗外，一轮明月，风筝孤零零地挂在石榴树的枝丫上。风儿都不忍这对人儿分开！

故事是真实的。所以，我说，月是有情心，心是无情月。

<2>

《萍踪侠影》中有一段：

> 张丹枫放松马，缓缓而行，偶一抬头，只见玉宇无尘，蟾宫影满，天边明月，恰似冰盘。月光悠悠地洒下来，四野如蒙上一层薄雾轻绡，景色清幽美妙。猛然省起，今夕何夕，正是中秋，不觉笑道："小兄弟，咱们今年这个中秋节可过得真有意思。"云蕾取笑道："是啊，中秋节又名团圆节，你和也先的女儿今宵可正是人月同圆啊！"张丹枫侧目回睨，但觉云蕾笑语盈盈，吹气如兰，心神一荡，忽地笑道："战场看明月，马上赏清秋。小兄弟，但愿咱们年年有今夕，你说得好，今宵正是人月同圆，也先的女儿可要羡煞你呢！"张丹枫的话既含蓄，又显露，透露了爱意，又反过来取笑云蕾。云蕾大羞，含嗔说道："大哥，你再取笑，我就跳下马去，不再和你同乘了。"

这段正值中秋的描写，儿女情长，侠骨柔肠，亦庄亦谐。无论古人还是今人，月亮还是那个月亮，情早已经不是那个情。

有些事情，可得，就可得，不可得，就不会得。以前是不懂的，现在似乎是懂了。

偶尔打开了网络红人“六神磊磊”公众号，这期是与饱受争议的诗人余秀华共同朗读：当唐诗遇上余秀华。听完有点泪奔的感觉。之前，只知道余秀华《穿过大半个中国去睡你》，不知道她生来脑瘫，朗读是有障碍的。

可是，她读得惊天动地，读得如诉如泣，读得生无可恋。节选几句：

“而光阴皎洁，我不适宜肝肠寸断。”——余秀华《我爱你》

“永夜角声悲自语，中天月色好谁看。”——杜甫《宿府》

“但你还是你，有我一喊就心颤的名字。”——《风吹》

“一叫一回肠一断。”——李白《宣城见杜鹃花》

“只是一想到你，世界在明亮的光晕里倒退。”——《今夜，我特别想你》

“思君如满月，夜夜减清辉。”——张九龄《赋得自君之出矣》

“所以一直活着，是为等你年暮。”——《给你》

“念君等为死，万事伤人情。”——王维《哭殷遥》

“等人群散尽，等你灵魂的火焰变为灰烬。”——《给你》

“春心莫共花争发，一寸相思一寸灰。”——李商隐《无题》

中国语言无与伦比地美，这些人的才华恣肆汪洋。这样的假期，我们愿意沉浸其中，感受月亮的清辉，感受刻意设计的场景，感受余秀华的无可畏惧。因为，月，是有情心。

<3>

朋友圈里有人在异国他乡遇到高中的校花，对方居然还主动打招呼，这“彩头”不是一般的好。

有人组织车队，从山东骑行到广州；

有人说，男人背负的责任，只有自己知道；

有人在健身；有人宅在家里，一分钱也没有花；

有人说，一生走不出故乡的月色。

就在中秋节下午，公司管理的一个社区里，业主自发在晒一件事。一名保洁大姐，在地下车场一辆车旁，捡到一个纸箱子，里面放了二十多部手机，通过业主档案查询，很快归还给失主。一件看似很大，又再普通不过的事情，每天都在重复上演。快半夜的时候，得知这件事情的另一位业主又晒了一张照片，那名保洁大姐还在停车场，应该没有到下班时间，不知道她会不会惦记着家里的丈夫和孩子。

再有几天，全体中国人又要开始勤奋、勇敢、敬业地劳作。选择干什么、选择谁，选择人生的坚持，选择即将来临的挑战，不管是谁，无论做什么事，总是有明月的照临。不做无情心，要爱有情月。

骑马少年已不再 岁月从不败美人

2017 年 6 月 3 日，公司半年战略研讨会即将召开，思想碰撞、检讨过往是例行功课。特意安排在合肥，因为公司的品牌当代 MOMA 入皖三周年，集团的高管都来了。

这次三周年庆典酝酿已久，之前地区公司的同事问我，是否要举办一个大型活动，我同意了。团队的策划和执行力超强，执行完毕后居然是“负成本”行销。什么叫“负成本”？这里不剧透，也不属于今天想说的话题。

这个活动请了明星，平均年龄 50 岁，只有一位是 38 岁。

郃正宵 50 岁。

张宇 50 岁。

王杰 54 岁。

张信哲 50 岁。

蔡琴 59 岁。

孙燕姿 38 岁。

连孙燕姿都奔四了。

当天现场，旁边的同事问我："您也知道他们?"怎么会不知道？哪个人的青春没几个王杰、张信哲。

邰正宵第一个出场。一场演出，打头阵那个算是打酱油，不过用邰正宵打酱油，有点浪费。《心要让你听见》肯定是真唱，但是的确唱不上去了。《心要让你听见》唱得很卖力，明显也很吃力。当年号称与张信哲齐名的情歌王子已经不再是那个意气风发的大男生，50 岁了。马上是全国高考日，恍然记得，第一次听邰正宵的《九百九十九朵玫瑰》就是在 1993 年高考前夕，哪里管得了玫瑰不玫瑰，倒是后来考完试，一口气和同学唱了一个通宵。邰正宵的经典歌曲《一千零一夜》《千纸鹤》《九百九十九朵玫瑰》，三首歌给邰正宵"三千歌手"的美称。

邰正宵的妆化得很浓，虽然离舞台有点距离，还是可以看出粉底已经遮不住眼角的皱纹。端坐在台下，我甚至想起了一个成语"美人迟暮"。虽不是美人，但是王子已不再是王子，情歌已不再是情歌。

王杰出场，很随意的装束，没太化妆，或者说化妆也根本没有办法再掩饰岁月深刻在脸上的痕迹。几首歌唱下来，王杰深锁的眉头总没有舒展。《一场游戏一场梦》瞬间把我拽回初中，想想可怕，王杰已经永存在我少年的回忆里了。初中购买的第一个盒带，就是王杰的《一场游戏一场梦》那个专辑，6.8元一个盒带，天文数字哈！

王杰依然演唱了《安妮》，记得少年时，同学们动不动为赋新词强说愁，对着天空喊喊“安妮”……

安妮我不能失去你

安妮我无法忘记你

安妮我用生命呼唤你

永远的爱你……

过去，我乐于把王杰和齐秦进行对比：都是浪子，齐秦是一种主动出击的浪子，而王杰是安于内心的浪子；齐秦是少年叛逆的浪子，王杰是被逼无奈坦然面对的浪子。

张宇，不帅也不语，话不多。台风萧索，是说他台上的风格，动作不夸张，但也有不到位的感觉。

最值得称道的是他和十一郎的爱情，每首歌都有一些俩人的典故。张宇受挫时，十一郎为他写了：“你的脸有几分憔悴/你的眼有残留的泪/你的唇美丽中有疲惫……我宁愿看着你/睡得如此沉静……”用心良苦，哪个人不是用心良苦，不是每个人用心都能够有收获。

而我1998年在北京当记者的时候，受《都是月亮惹的祸》的启发，在当时《音乐生活报》中刊发文章《十指网络》。

最后一段是这样的："我已经很习惯地在有月亮的夜晚把一只手抚在蓝色的电脑屏幕上，那是一种真实的质感，没有幻觉。"

那蓝色的台式电脑居然现在还安静地躺在家里一个堆放闲置用品的角落。

蔡琴不是我的偶像，似乎是父母辈的。一出场确实有"大姐大"的范儿，一袭红衣。一手拿着她的金话筒，一手拿拐杖。台风很稳，第一句话说："大家好，我是货真价实的蔡琴。"

她解释，一个月前，拉伤韧带，已经答应的演出，无法取消，只好轻伤不下火线。大家反应不够热烈，她还调侃，观众欺负一个伤残人士。

演唱过程中，蔡琴一招一式异常认真。四首歌之间，都有一大段脱口秀，真是口活了得，每句话字正腔圆，绝不敷衍。尤其是那首《恰似你的温柔》，虽然曲调简单，但是简单的东西一定不简陋，声音更是如此，就像真正的烹饪大师是把白菜豆腐做好，而不是"佛跳墙"。

蔡琴指挥现场两万人挥舞荧光棒，每句话都很有力量，现场的观众也很配合，这是超大牌的魅力。很多歌手想调动全场，结果配合度差，很尴尬。

听蔡琴的歌，不知道为什么想起顾城，顾城是否曾经寂寞不得而知，不过，蔡琴认真而卖力地和观众互动，却让我感到寂寞。她提到《无间道》，那部电影除了梁朝伟、刘德华几个面孔外，剧情我已经不记得了，但是声音却入耳、入心多年，隐忍、克制、压抑，画面感极强。舞台上虽然身姿摇曳，还是恍惚中觉得她换了一身符合夜色的衣裳，站在一个恰好的位置在慢慢诉说。

说她寂寞、压抑，似乎要提起她的婚姻，我看过她的公开信：

> 作为一个曾经的伴侣，我们一起年轻过、奋斗过。
>
> 作为一个女人，他给我的寂寞多过甜蜜。
>
> 作为一个观众，我们痛失一个锐利的记录者。
>
> 时间会给他所有的作品一个公道，他的付出不会寂寞！
>
> 至于我们所有过往的点滴，我自己品尝，就当作我活着时永远的秘密，随着他的逝去与世长辞。

蔡琴退场时，为张信哲铺垫了几句。张信哲出来第一句说，很开心见到蔡姐，各位都很有礼貌。这个时候，场子被彻底点燃，出场顺序的精心安排一直就是套路。

一直觉得张信哲有点妖娆的清爽。

什么心情都可以听张信哲，失落时可以，快乐时可以，狂欢时可以，孤独时可以。

白月光心里某个地方
那么亮却那么冰凉
每个人都有一段悲伤
想隐藏却欲盖弥彰

很多年前，在北京的夜里，这首歌伴随着我穿越大街小巷，直到天边泛起鱼肚白。

孙燕姿发型夸张压轴出场。据说她很红，大部分歌我没有专门听过，可能开车时，交通广播反复放，跟着哼哼还可以。不用85后再去解释什么叫“尚好的青春”，那个还过得去、比最好略微差一点儿、比好又好一点儿的青春，已经是散场了。

4个老男人、1个迟暮美人，还有1个孩儿她妈，青春已逝，难寻时光，不过我听得很认真，很投入。一直在琢磨，应该用哪句话总结这场演出？

“骑马少年已不再，岁月从不败美人。”最合适。

白雪却嫌春色晚

<1>

春雪乍晴，春光乍现。

今天估计发生什么大事，也不如一场春雪来得酣畅淋漓。

朋友圈被一首诗霸屏了。

> 今天竟然下雪了，是冬负了雪，还是雪背叛了冬……
>
> 雪，你本该是冬的伴侣，
> 却跑来做春的情人，
> 人们该赞美你的热情奔放，还是该指责你的水性扬花？
> 你若与冬同行，或许会更幸福美满些。
> 因为冬用它的温度延长雪美丽的生命，
> 而你在春的世界里漫天飞舞，
> 既背叛了冬，也阻挡了春与雨的恋情，
> 连雪都移情别恋……

这个世界，

人不靠谱，

现在，

连天也不靠谱了……

谨向这首诗的作者致谢，宣泄了某种大家可以形成共振的情绪。

整整一个冬天，北京只飘了零星的几片雪花，今天突然没有预兆地，纷纷扬扬，不由分说地下了起来，让人欣喜若狂。

我们都喜欢雪。为什么一到下雪的时候就异常地兴奋，而如果下雨，就感到压抑，心情不愉快？

<2>

燕山雪花大如席，片片吹落轩辕台。

雪是固态的水。水要想形成雪，要有两个条件：空气在某个温度下包含了最大水汽量，那个时点的温度，就是露点，达到露点，才有可能形成水晶；另外一个条件是空气中必须有凝结核。如果想知道什么是凝结核，去重温一下初中的《自然》。

露点，加上凝结核，于是小雪、中雪、大雪就下起来了。

我们不去深究这些自然现象，但是却享受其中，美好的事情总是短暂的。

是不是一个理工男突然文艺了起来?

正在发愁要不要去见客户，给自己找了一个偷懒的理由?

去吃一顿火锅?

童年的回忆被勾起来了?

发朋友圈的理由?

出去和孩子堆个雪人?

把安排好的计划全部打乱了有点小兴奋?

每日行色匆匆，突然感到活在当下了?

可以找个地方偷偷哭泣，但是心情很愉悦?

和朋友欢聚?

忙碌一天，终于可以站在窗前发呆?

对的。片刻芳华，转瞬即逝。

相信大家就是这种情绪，每天期待美好的事情发生，从期待，到经历，到散场，又一次期待，又一次经历，又一次散场……

很多美好的事情，是不可预见的，也有很多事情是可以预见的。

不可预见的，坦然相对。可预见的，愉悦经过。

每次美好，都调动最好的情绪面对它。就像这样一场雪。明知道，很快就会化掉。

<3>

天人宁许巧，剪水作花飞。

“欢……欢迎，请，请坐……孩子他爹，二号桌阳春面三碗——”

“好咧——阳春面三碗——”可泪流满面的丈夫却应不出声来。

店里，突然爆发出一阵欢呼声和鼓掌声。

店外，刚才还在纷纷扬扬地飘着的雪，此刻也停了。皑皑白雪映着明净的窗子，那写着“北海亭”的布帘子，在正月的清风中，摇曳着，飘着……

这段译文是《一碗阳春面》的结尾部分，我专门找出来，果真如此，是发生在雪夜里的故事。

此刻，电视中正在播放一个故事：80 后女孩笑对生死，生前与亲友告别。生如夏花，静若秋叶！世间最璀璨的美好就是和最爱的人在一起！只是一场雪就好！

是的，天气还没有彻底转暖，因为这场雪，我们的生活更加的温暖，幸福可期。

风雨不欺少年郎

农历春节过了 5 天，朋友圈晒各地景色、各种美食、各种团圆开始减少，已经 2 月 1 日了，离下一个新年大约还有 365 天。生活就是一个 365 天，又一个 365 天。这 365 天，我们日夜兼程。

<1>

别人要去的远方，原本就是我的故乡。

空间研习社的陈敏，一个我非常喜欢的自媒体人、创业者，在朋友圈里写道："这不是景区，这是我从小生活的地方，这栋老宅至少已经过 100 多年的风雨雷电考验，这里的田地是我们祖祖辈辈生活的根基和我们童年的回忆。"

可能是乡土早已嵌入骨子里，在城市生活越久，越是怀念鸡犬相闻的乡村，怀念那种有事你招呼的邻里友好，夜不闭户的淳朴民风，那种晨耕暮织的脚踏实地。

然而越来越盛的城镇化，让这一切都渐行渐远——冰冷的水泥开始取代木头的温暖，“漂亮”的规划掩盖着享乐主义的灵魂，乡村的美好随土屋的推倒而渐渐坍塌。呜呼悲哉！

好在做过30多年乡村干部的老父亲，一直固执地坚持着不愿改变的“小农意识”，也住不惯我们姊妹城里的钢筋水泥，于是我们由顺而孝，一起努力保护老宅，保护我们祖祖辈辈的奋斗精神和纯朴价值观。

今年过年，我们一大家人祖孙三代一起交流一起巡山，其乐融融，马上我们都将再次奔赴各自的前程，将再次留双亲孤零零地守卫着乡村。

希望双亲和乡村“被城镇化”的脚步都慢一些，让美好更持久……

少年时总想去远方，过节了想念故乡，回到故乡，故乡不改模样。重回少年郎，识到家里的花香，重回少年郎，坚定了前行的方向。

<2>

混日子是在浪费自己的时间。

春节，我看了一段360CEO周鸿祎给新员工的演讲：

“可能有的人要说，我就想找个地方混一混。其实，一个公司大了以后，也一定有地方可以混，我也管不了每一个人。但是，我在互联网行业里干了十多年，看到了很多Loser。他们都是太聪明，把自己混失败了。大家一定要记住，混日子就是在浪费自己的时间。想一想，你35岁以后还能混吗？那个时候会有更多的年轻人，他们比你更努力，比你更能干，要求也比你低。你要是没学到东西，没锻炼出来能力，他们会代替你的。能力是不能混出来的，而是学习出来的，是锻炼出来的。结果，你在企业里只把年龄混大了，能力没有提升，那么你人生道路会越来越窄，也丧失了你最好的学习机会。”

说得太好了！走进企业的时候，我们以为在别人铺设的跑道上开始奔跑，所有沿途的风景都是别人打造好的，可是，没有一个风景，是可以随便享受的，没有勤奋、没有自律、没有毅力、没有思考、没有学习，什么风景都和自己无关。

想想2016年，许了多少愿望？结婚？生孩子？接父母来大城市？到迪拜旅游？工资再翻一番？向着自己的小目标进发，不要混日子，不要相信那些“生活和事业可以完美平衡”的话。其实，永远平衡不了。实现每个小目标的前提，都是让自己不容易。没有成功是平衡的，没有生活是轻松的。

不要忘了我们为什么走出来，不要忘了我们本来要走向哪里。我们相信，那个远方，能到达的都是风雨兼程的少年郎。

< 3 >

自己背上有没有一尊佛像。

我记得小时候，有这样一则寓言：深山的寺庙中有头驴，每天唯一的事情就是拉磨。驴很不甘心，总是想看看山下的生活。有一次，有个僧人下山化缘，让驴驮着东西一同前行。谁知，一路上，路上行人都纷纷跪在路边，对着这驴磕头膜拜。驴开始不解，但是，当越来越多的人跪在路旁，驴就扬扬得意起来，趾高气昂走在路中间。

驴回到寺庙后，死活不再干活，僧人只好放它下山。走到半路，一个农夫看到这头没有人管的驴，用鞭子驯服驴，拉回家里，苦活累活都让驴干。驴最后累得奄奄一息，委屈地向主人诉苦：“为什么我从寺庙下山的时候被人顶礼膜拜，现在却又对我下毒手？”

主人轻蔑地大笑：“驴永远是驴啊。大家跪拜的是你身上驮着的佛像，而不是你啊。”

经常问问，自己到底背上有没有那尊佛像？那尊佛像，不是你找的靠山，不是你的老大，而是在公司的平台上，自己的能力、专业、素质、绩效、成就，有哪一样让平台离不开你，欣赏你，继续给你平台，给你更大的空间。

曾经的少年郎，无论你来自哪里，去往何处，身上没有让人欣赏的实力，没有人会在乎你，能拯救你的唯有自己。

<4>

爱上层楼，绽放光芒。

春节温习了少年时常读的汪国真的诗：

我不去想是否能够成功
既然选择了远方
便只顾风雨兼程
我不去想能否赢得爱情
既然钟情于玫瑰
就勇敢地吐露真诚
我不去想身后会不会袭来寒风冷雨
既然目标是地平线
留给世界的只能是背影
我不去想未来是平坦还是泥泞
只要热爱生命
一切，都在意料之中……

我们还是真正的少年郎的时候，会有自己的理想，那时候，有期待，有想往，有对未知的好奇，那个时候的想法不一定对，但是，总有一点是不变的，我们要绽放自己，绽放自由的光芒，绽放人性的光芒，绽放自己创造出成就的光芒。

重回少年郎，爱上层楼；爱上层楼，重回少年郎，踌躇满志；踌躇满志，重回少年郎，绽放光芒，绽放光芒。

<5>

风雨不欺少年郎。

今天初五，迎接财神的日子到了，网上调侃，史上最受欢迎的男子天团，是各路财神。看似我们全体都甩开膀子撸起袖子奔着创造财富的方向大步流星，但是，财神爷在哪里？内心充盈者外境富足，我们就是财神爷，因为我们知道，无论是人还是神，幸福最终总是眷顾那些无论经历过多少岁月，仍然有理想、有坚守、有信念、有追求的少年郎。

大家已经启程，告别家乡，陆续回到成就自己的地方，仍然披风沥雨，仍然跌宕起伏，仍然蜿蜒崎岖。

2017 年，我给小伙伴和我自己的新年祝福是：没有远方，就没有故乡，没有生活的小事，就没有生命的大事；

没有共勉的征程，哪里来的春意暖阳。因为我们知道，风雨不欺少年郎。

你好，2017 年！

以光的名义 向阳而生

一叶的阳光，

一树的阳光，

一屋的阳光。

春天已经从浅浅的绒绿走向花草盛开，天也蓝得让人不敢相信。到了春天的深处，偶尔的疲惫会让人不自觉地感到孤独，最不愿意使用的词就是孤独，太矫情。

无论是企业还是个人，从本质上来说，生长都是孤独的。所有的生长，都是为生长而生长，而不是为别的什么而生长。看清这个，生长的逻辑就纯粹了。也就是说，生长的自然属性决定了我们必须每天使尽全身气力、向外界获取更好的生长环境，让自己比别人更大、更强。

这个时候，我们知道“向阳而生”便成为生长的不二法则。

“向阳而生”是多么有力量的一个字眼，往往和生生不息联系在一起。这个“力量”细细品味，不是说多有进攻性、多有进取心，真正的力量在于向阳而生，是有韧性、有隐忍。在“向阳”的背后，无论挑战有多大、环境有多恶劣，你唯一能够做的就是生根于大地，向下植根。露在土壤外的树干、树冠有多高大，埋在土壤里的树根，就有多深广。

向上生长，向着阳光而生。对于企业来讲，阳光就是趋势，在趋势面前，万物的生长都抵抗不了。企业和人一样，都是有生命周期的，终有一天会轮回入烟波浩渺的死亡中。不过，在历史的长河中，总有一种永恒的存在，一个瞬间、一个微尘以它们的方式始终存在。

而我们，始终以一种姿态往前走，就是“向”。这是多么生动的词汇，它描绘每天、每月、每年连续的动作，始终在“向”着那个希望、朝着那个能够让自己更快、更好生长的方向努力伸展。

《易经》讲了三个字：“上”“止”“正”。

还想说三个字：

“日”，太阳之精也，春之日、夏之日、秋之日、冬之日。一日三省吾身。每天都应该被尊重、被珍惜，一日过去，再也不会有同样的这一天。

“阳”，山南水北阳，山北水南阴。有阳有阴，是大自然的法则。努力地向阳而生长，向“道”而成长。

“明”，照临四方曰明，日月之光，谓为“明”。追求光明，追求阳光，明辨是非，头脑清醒。

这几日，阳光明媚，春深不知处。总有一天，会明白，这一辈子，我们都是在向阳而生。

昨夜看到流星 不是雨

周一，公司晚上开集团会议，会后和几个小伙伴又讨论点事情，回家凌晨1点50分了。

居然看到孩儿他妈在黑暗中坐在椅子上对着窗外，她说：

“我在看流星雨，北京今天的夜空竟然看到了北斗七星！”

“今天峰值能够达到每小时100颗。现在是新月，无月光干扰。”

“我小的时候，和同学们坐在草坡前，穿着爸爸的军大衣，熬夜看到过流星，以后再也没有看到了。”

“我看到了，快来啊！”

换了衣服，我只看到马路边一个昏黄的晕影笼罩的路灯。

“耐心、再耐心。”

……

然后，就是这一刻，在北京的一个普通的夜里，一个有风、没有霾、车来车往，天空中挂着北斗星的瞬间，一颗流星滑过天际。

孩儿他妈第二天跟自己的闺蜜说，她为了看流星等到凌晨两点，孩子他爸顺便“瞅”了一眼，就看到了一颗。

就这样，我们看到了流星，不是雨。

第三章 / 一年踪迹一年心

人·猫

<1>

5月11日，周六，在公司听了一天培训，腰酸背疼。晚上出来遛弯，没有什么地方去，百度一下发现南城花市有一个24小时书店，于是开车到书店里踱步、看书。这个书店和其他网红书店区别很大，很多周边居民在里面乘凉，行为很不讲究，书籍的腰封被撕，扔得到处都是，大部分人都不买书，估计是蹭凉。自己觉得不买几本，对不起大老远跑到这里。挑选了几本后，偕夫人走出书店，已是凌晨。

远远地，在街角有两个老人在卖花，走近了才看清楚，老头蜷缩在轮椅里，老阿姨躯体变形，佝偻着背，很友善地对我们说："明天母亲节，买几束花吧。祝你们幸福。"正在这时，旁边一对情侣说，一束花这么贵，不要啦。把花儿递回老人手里就走了。

夫人并无和我商量的意思，从装花的几个桶里选出来几大束。

我说：“不要这么多。”

她回答：“要。”

“多少钱？”夫人问。

然后按照老人的报价就用微信付了。

我们很开心地抱回车里。

夫人对我说：“如果不是有困难，谁会半夜守在街边？”

“嗯。”我赞同。

今夜，满屋花香。

<2>

在新加坡合作伙伴引导下参观了一个养老院，有优良的设施、花园式的园林景观。这是一个全介护的养老院，也就是那种为已经很衰老、有疾病，时刻需要有人照顾的老人准备，而且有政府补贴的机构。

院子中有个教堂，一群坐着轮椅的老人在祈祷，还有一个幼儿园，有群小孩子在院子里蹦蹦跳跳，运营方想营造其乐融融的氛围。

我却有一种强烈的沉重感。

这里每个房间里有6至8张床不等。每个房间的老人患的疾病各不相同，有心脑血管疾病、阿尔茨海默症（AD）、风湿、各种癌症……

空洞的眼神、变形的躯体、极其迟缓的动作，每个人都异常扭曲，脸上几乎看不到笑容，这和我对新加坡之前的印象大相径庭，这样一个充满活力的国度，为什么养老院里如此凄凉？我告诉自己不要一叶障目，不能因为眼前的片刻改变整个行程都保持的心情。不过，我的情绪确实受到极大干扰。

这是我们的未来吗？

多少人去整形——垫鼻、隆胸、削骨、拉皮，我们如此在意的外形，到了一定年龄，总是不可阻挡地形色俱衰。

在新加坡，上了年纪的老人工作在岗位上不是什么新鲜事，有很多老人做餐厅服务员、出租车司机、清洁员、保安等等。我详细问了当地人，养老金不够生活、观念上也接受老年人外出工作都是老人劳作的原因，而老年人颐养天年是中国人的传统。

其实，没有绝对的对与错。

蔡澜在《蔡澜眼中的八婆与美女》中说，没趣的男人，很快地衰老。一个长不大的孩子，才是好男人。

我边看边想，还有几十年我才会衰老，我一定不会像他们一样，毫无生气地等着那一天的到来。

脑海中浮现出一个画面：有一天，开完会，我在办公室的落地窗前，眼看着落日的余晖一点一点黯淡。看不到夕阳，感受到光线的变化，突然间，心和光线一样，一点一点沉没下去，仿佛在浩渺的大海中飘荡。那一刻奇妙极了，就在光明和黑暗的交织中，我感到自己的孤单，这种孤单夹杂着老气横秋。我有点悲怆，毫无来由。

不要！我告诉自己。任何一刻的消极我都非常厌恶。

所以，我要做到：

如果有一天，我老了，一定要有趣而无畏，做一个老顽童般的“黄永玉”；

如果有一天，我老了，一定寻味美食，做一个好胃口的“蔡澜”；

如果有一天，我老了，一定寄情雪月，做一个唯美的“杨丽萍”。

如果有一天，我老了，一定素心明性，做一个幸福、开心的小老头。

否则，我宁愿闭上双眼，不再睁开。

<3>

这十来天，去了新加坡、马来西亚、河南、云南，各种原因吧，没在北京大本营待几天。

拎着行李出来的时候，我家的猫居然跟着跑出了家门，在电梯门口探个脑袋。我一直认为这只猫异常高傲，况且之前它也没有表现出对我太多的好感，见到我的时间确实太少。

猫刚被孩子妈抱回家的时候，根本就不让我摸，只要一碰到它，不是龇牙咧嘴凶相毕露，就是张口把我咬出个牙印来。所以，我也说不上喜欢，就是儿子和孩儿他娘喜欢罢了。

儿子从 8 岁开始，晚上和小猫同床共枕，若有半点不顺从，儿子的小拳头咚咚上身。时间长了，小猫学会察言观色，对我和孩子妈可以置之不理，但是一到睡觉时间，就乖乖地匍匐到儿子床边，敏捷地跳到枕头上，要么四脚朝天，要么前爪护眼。这个时候，你伸手挠挠它，死了一般，眼皮耷拉，假装睡着，等着儿子伸出一只手搂着它。

孩子妈走出房间，把灯关上。不久，你听到门有窸窸窣窣的声音，这猫儿用爪子挠开门，解放似的跑了出来，肯定是先撒会儿欢，以解受困之苦，这个时候儿子已沉沉睡去。

猫儿从儿子房间溜出来，玩会儿，定然是在孩子妈妈身边睡的，不是床头，就是床尾。大部分时候还要进被窝，不让进被窝，就跳到床对面的桌子上，把刮胡刀、梳子、瓶子，能给推下来的东西都推到地上。等人起身收拾的当儿，它就迅速钻进被窝。

眼看着儿子和猫的身长比例一年比一年大，儿子在猫面前无异是个庞然大物。我经常和儿子说，别每天抱着猫睡觉。儿子是大大咧咧的性格，直接给我白眼："猫怎么了？没抱着一窝上床就不错了。"

我对它的习性大概也就知道这么多，早上5点半和孩儿他妈一起醒，晚上等我回来看到它总是酣然大睡。偶尔，他们娘俩外出旅游，嘱我照顾它，我大概率是两三天都不当一次"铲屎官"，大概因为我是医院"世家子弟"，怕脏还过敏，有点异味干呕不止，所以，从儿子出生起，我就没给换过尿片，更别提给猫了。每次他们外出，在洗衣房猫的厕所里，孩子妈得准备一袋水晶猫砂，维持几天。回来，儿子第一件事是，跑到洗衣房，大喊："妈，我爸又没给猫铲屎！"

儿子问过几次，猫的寿命有多少年？我们的回答是10到15年左右。儿子听完放心，说："那还早着呢，现在才6年。"过了几天，和我说："我查了百度，有的猫能活25年啊。"

我故意说："也是迟早的事情吧。"

儿子眼睛闪烁了几秒的忧伤，立即又跑过去，一把拽过猫来扛在肩上。我记得，几年前，这猫儿上蹿下跳，儿子想逮着它，还不是件容易的事情；而现在，无非也就是三步并作两步的事情，怎么都逃不出他的手掌心。

我在飞机上写下这段文字，过道对面的一个年轻小伙子一直用手抚摸着女朋友的长发。我觉得，那女孩像一只猫，十分顺从，但也无奈。

我家的猫估计也是这样。

十方世界是全身

<1>

最近网上关于一个小学食堂的热点话题，大家都知道了。很多人说，给孩子吃“猪食”，养猪大户会说，猪是不吃霉变的饲料的。若是真的，这些人的良心，算是被猪拱了。

你以为岁月静好，其实沉渣泛起；你以为和谐安康，其实是五毒俱全；你以为风平浪静，其实是罪恶滔天；不管是当年的三聚氰胺，还是红黄蓝虐婴，最近的假疫苗事件，离我们很近，离我们又很远。今天我们熟视无睹，明天就会置身其中。我们寄希望于有良知的人更多，寄希望于法治环境的改变，寄希望于建立互相监督的机制，这都有可能，也是必然。

但是此刻，我更相信业力，明白吗？谁造的孽，谁最终会承担！

人最终还是要有信仰、有敬畏心的。如果没有敬畏心，没有信仰，也就不会敬畏道德、法律，驱动这些人的只有贪婪、无所顾忌。

我是学法律的，相信法律的正义。但是，从内心深处，我更愿意认为，每个人一生做的所有事情，都是在为自己积累“业力”，不管是黑色的业，还是白色的业，或者是不可知的业。这种把孩子的生命、健康视若无物的人，挣到的钱越多，给自己积累的“黑业”就越多。即使是最后被枪毙了，也无法减轻已经附上灵魂的“黑业”。不说因果，天道有轮回，等着吧！

相信最后会有一个公正的处理结果，但是对孩子、家长造成的伤害却永远无法抹平。教育、医疗、法律是这个社会最不能突破的底线，让人安全地、有尊严地活着，这个要求不高。

<2>

3 月是上市公司年报季，各公司董事长、管理层连轴转，一个发布会接着一个发布会，看似花团锦簇，实则苦干苦撑，没有谁的荣光更轻松。

由于连续一周出差，之前安排一个事情给同事，回到公司，我询问进展的时候，他支支吾吾。我就说：“什么结果？什么结果？”他回答不上来，说：“是我的错，没搞定。”我又问：“什么原因？”他还说：“是我的错，再给我一周。”

我立即就怒了："再给你一周，谁给我一周？三天搞不定，走人。"其实，我知道这件事情如果三天没有搞定，不至于开掉人。可是，有时做工作，你不仅说了目标，还交代了策略，也就是说，我并没有武断地只要结果，而不给资源。没有在约定的时间有结果，如果只归咎于执行人，也有失偏颇，存在综合因素。但哪能每件事情都搞清来龙去脉？该谁搞清的谁就去搞清。对同事，我认为，严就是爱，松就是不负责任。

我双眼怒睁，瞪着他。这样一个平时做事麻利、果断的人，嘴角微颤，眉头紧蹙，看了我一眼，转过头去，大约一秒钟。然后，直视我，说："好的，三天见结果！"我分明看到这个男人眼角的湿润。

我并不想了解为什么，是委屈？资源不够？执行力不强？原因多了。要知道，遇到阻碍时，河水奔流不会减缓速度，相反还会更快。应该办到的事情就一定要办到。心劳而神不倦！我固执地认为，这是我们每个人应该承受的压力。不过，从另外一面，我感受到了每个职场人丰富的内心，不管他在工作中承担什么角色，担负多大责任，都毕竟是有七情六欲的。流泪任他流，委屈任他忧，更重要的是，流泪和委屈是要让心脏更坚强。

三天要结果，果真有结果！你说，这是执行力的问题，还是之前懈怠，抑或是潜能没有发挥出来？我总是说，用短跑的速度跑长跑，不是不可能，而是愿意不愿意！

<3>

连续两天，董事会、业绩发布会、见投资人、媒体会，事情安排得很密集。每次在香港都感到莫名其妙的不舒服，总是很恍惚。

媒体群访没开始时，一个香港记者说：“我关注你的公众号了！”

最近一年，这经常成为聊天的引子，之前见的一个小股东也问：“你那么忙，那些文章是你自己写的吗？”

关于写文章，每个人都有不同的诉求，有的是谋生，有的是扬名，有的是兴趣，有的是发泄，有的是无聊。

我是为什么？

自愈与自娱。

20 岁的时候，告诉世界，我来了。

30 岁的时候，告诉世界，我在这。

40 岁的时候，告诉世界，我还在这里！

50 岁以后，告诉世界什么还不清楚。

30 岁之前经历的一切都务必真实，30 岁以后，开始觉得有些事情必须真实，有些事情却开始要多一些幻想。

不得不与生活和解，有很多事情，它根本不会和你商量。所以，我说过，所有的事情都要全力以赴，但并不是所有的梦想都要实现。

于是，有时会越过高山，有时要匍匐于低谷，有时阳光普照，有时大雨滂沱。人的身体是人类现在的认知中最精密和智慧的构成吧。其中一个重要的能力，就是自愈的能力。不管是机体自愈还是精神自愈。感冒其实不用治，扛过7天左右，不治而愈。肝脏、肾脏是用来为身体排毒的；外伤，血小板是它的良药。

事业永无止境，困难无处不在，越过它，解决它，漠视它。

于我来说，写点文章，就是治愈内心的伤口和安慰越来越大的梦想。

每个人的自愈方式不同，你的是什么？

自娱。

有句话说，读书不求甚解，鼓琴足以自娱。人生区区3万天，不求文字流芳后世，却愿每段经历化为琼液，喝下一口沁人心脾的凉爽。

有人捧场去看，就雨露了他人；有人嫌烦不看，就自娱自乐。文字万万千，所以，请大家不必纠缠有些文章中的观点，喜欢就多看，不喜欢就忽略，这就是我的自娱精神。

否则，有点空余时间，发呆多无聊，闲扯多浪费。每个情绪的累积，都是释放的能量，不要压抑，而是自娱。

当然，一般是在工作场合，我无法解释，只是淡淡地说，瞎写！瞎写！

自愈、自娱之后，还有一个诉求，就是自燃。

我清楚记得，上小学六年级的时候，老师告诉我们，到了初中，老师不会再手把手地教大家做题了！初三的时候，老师说，到了高中，老师们带那么多班，哪有工夫给你讲这么细致！高三的时候，老师又说，上了大学，上课老师就来，下课，老师就走！那时，你们都是成年人了，谁会管你！

随着心智的成熟，我们都学会了没有别人的督促，自己逼自己学习和进步，公司很多人报 EMBA 或者 MBA，我都是非常支持的。我们必须学会自燃！所有的不努力，都是没有自驱力的结果。中国人讲究“慎独”，我理解“慎独”不仅仅是自律，更重要的是自燃。没有动力时，给自己注入动力；目标不清晰时，就树立清晰的目标。

自愈、自娱还有自燃，好像披了一件正能量的外衣，其实骨子里，无非是别让无时无刻不逆行的无奈、困难、阻碍挡住前行的脚步。

就这么简单。

世间事除了繁华 还有孤独

想写“孤独”太久了，几乎所有的哲学家、文学家、企业家都写过关于孤独的话题，所以迟迟不敢动笔，也没有机会。

终于，今年春节，热闹即将离去，聚散已经体验，烟火过后净是孤独。

大多数现代人的内心是很孤独的，虽然手机不离手，但是，填补的大多数是无用的信息，刷朋友圈成为下意识的行为。我们要相信，别人99.99%的行为和自己一点关系也没有，相反也是一样。

一堆人在一起，可能忽略了内心的孤独，一个人独处时，时常觉得自己孤独，可是，真正孤独的却是一堆人在一起的时候，而一个人时，只是因为独处而以为自己孤独。

大学毕业后的一段时间，我和两个大学同学住在一起，他们正在谈恋爱，所以，我总是错后再回家。那个时候，一个人去采访，一个人去陌生的地方，一个人去图书馆，一个人买煎饼果子，可是并不孤独，那是独处而已。

也正是那段时间，沉淀了太多的经验，阅读了太多的书。这么多年过去，我仍然清晰地记得，有一次加班晚，不想打面的回去，而是从北京的小西天走了四个半小时到大兴和义。当时丝毫不觉得累，上楼的时候，居然还哼着歌，说自娱自乐也好，自我心理按摩也好，总之，独处时，并不是真正的孤独。

我曾经无数次在内心深处问自己："你的愿景、毅力和能力为什么不能来得更猛烈一些？"我也设计过很多条实现愿景，坚持毅力，提升能力的路径。我从来没有怀疑过、动摇过这些念头，否则，经历过那么多的孤独还有什么意义？

我想象，孔子是孤独的，老子是孤独的，释迦摩尼是孤独的，耶稣是孤独的，否则，那些深邃睿智的思想无法影响今天；

我想象，叔本华是孤独的，莫奈是孤独的，曹雪芹是孤独的，否则，他们的作品怎能流传经年？

我相信，稻盛和夫是孤独的，任正非是孤独的，马斯克是孤独的，否则，他们经历那么多深重苦痛，为什么还能坚定前行？

我相信，周星驰是孤独的，陈道明是孤独的，崔永元是孤独的，否则，他们怎能不流于世俗，特立独行？

要么孤独，要么庸俗。叔本华说。

我们不得不承认，我们很庸俗，名利是要去追逐的，但是一定在大道上追逐，名利的背后是价值，走大道，创造价值时就不再庸俗；

我们很庸俗，我们追求声色，但是在节制中愉悦，声色背后是乐趣，享受人生的乐趣时就不再庸俗。

朋友圈里如果粗粗分一下类，有一类，总是在合群中欢乐，有一类，总是在独处中迥异于人。

我们都需要面对真实的自己，所以，花无数力气让自己显得合群的人，往往不清楚，孤独才是人的本质；不过，刻意制造孤独，离群索居，其实内心煎熬无比，更是为赋

新词强说愁的肤浅。

我觉得，孤独是我成长过程中理解“哲学”的起源。

若干年前，我姥爷家的院子里有一棵苹果树。那个时候，物质相对匮乏，在城市的小院中拥有一棵苹果树弥足珍贵。每年苹果收获的季节，姥爷的儿女们都满载而归。周六放学，孙辈们都回到小院中，在苹果树下挖挖蚯蚓、捅捅蚂蚁窝。我也经常一个人回到小院中，要么盯着某一个苹果，观察它长成的过程，要么搬个小凳子，拎着水壶，把爬在树干上的蚂蚁浇回到土地上，并且乐此不疲。

后来，大人们觉得院子里只有一棵苹果树还不够，还可以种枣树，于是，枣树就疯长起来。有一年，苹果树大丰收，足足送了邻居一大筐，也许是太旺盛了，由盛转衰，第二年，居然只结了很少的几个果实。我一直认为，苹果树对人间的冷暖是有感知的，它不再得到人们全部的关注，枣树变成了新宠。枣子更多啊，可以惠及更多的家人和邻居。

很难说，苹果树给成长的少年更多，还是少年寄情于苹果树的生长更多。

那些情境就是我开始思考点东西时，不断掠过的画面吧。

那个画面很孤独，恍惚中，我就形成了自己的价值观：只有不断生长，不断长出更多的果实，才不会被忽略。

耶茨在《十一种孤独》中说，孤独是生命里必有的黑暗，它无法穿越，也无法战胜。

阿多尼斯在《我的孤独是一座花园》中讲道，“孤独是一座花园，但其中只有一棵树，绝望长着手指，但它只能抓住死去的蝴蝶。太阳即使在忧愁的时候，也要披上光阴的衣裳。”

周国平的《爱与孤独》中写道，“孤独也是一种爱，爱与孤独是人生中最美丽的曲子，两者缺一不可，无爱的心灵不会孤独，未曾体味过孤独的人也不可能懂得爱。”

有人说，孤独是一种能力；

有人说，孤独是与自己的对话，是一个人的狂欢；

我说，孤独是在繁华过后，仍然要面对未来的韧性。

人的一生都是在繁华和孤独的交织中度过。繁华是形、是色、是音，孤独是心、是律、是体；繁华是经历一切酸甜苦辣时，在那个阶段的能量辐射；孤独是体验过一切悲欢离合后，在那个阶段的内省；繁华要与人分享，孤独却孑然自省；繁华可以素淡雅致，孤独可以丰盈圆满。忍得孤独，享得繁华！

2019年，大战在即，喝一杯好酒，骏马骄行；2019年，大战在即，再喝一杯好酒，盛宴凯旋。

那样一棵苹果树，一直会住在心里。

自讨苦吃 是最好的修行

因为一个项目的事情，周三下午到香港，晚上开会到凌晨2点，隔天早上见投资人，下午到广州，晚上飞机飞回北京。落地的时候，凌晨4点，走进小区时，天已经蒙蒙亮。

有一个人，坐在湖边的木椅上抽烟，头仰着看天，烟夹在两个手指间，画面是静止的。虽然我没有打扰他，走过的脚步略微发出一点声响，他调整下姿势，显然很在意别人路过了他的落寞，怕是看到内心的什么，那个调整的动作很刻意，很生硬。不过，我们都是路人而已。

小区湖中的田田莲叶，有一片已经发黄了，我突然意识到秋天已至，很快满湖的莲叶都会发黄，枯萎。这些莲叶感知着四季的交替，会传染的。

<1>

融创的半年业绩发布会，孙宏斌现场落泪，一个快速扩张企业的掌舵人，得有多少委屈和沟沟坎坎，围观的吃瓜群众评论，有的说他是最好的演员，有的说是真性情。我觉得，如果这是套路，也是没有套路的套路。原本，孙宏斌可以不去收佳兆业，不去收绿城，不去收乐视，他可以选择一条轻松的路。

业绩发布会上，他说，融创的收购为什么牛？他自己都觉得牛。

其实，哪件事情又容易呢？不去干这些困难的事，哪里有眼泪可以飙。

所以，孙宏斌是自讨苦吃的那类，他说以为自己的人生没有遗憾了，碰到了乐视的事情，觉得干不好就会真的留下遗憾。这样一个并购高手，财务专家，意气风发过，深陷困境过，东山再起，一路狂奔，没有一件事情，不是自讨苦吃。

<2>

我只买过一次李宁牌的鞋，还是李宁公司的高管朋友推荐的，穿上不是很舒服。后来这个朋友离职，大致是说，内部管理涣散，不是国企胜似国企之类。

其实，李宁是运动员的时候，我很钦佩他，那时还带着一种国家荣誉感。所以，有李宁的新闻就多看两眼。前段时间，听他在一个采访中讲述 2008 年奥运会空中漫步点火的事情。为了能在空中完美呈现运动身姿，又重新从最基本的动作恢复训练，后来还买了假肢做道具，以便能够在空中保持平衡。临到开幕，瘦了十几斤，腰伤复发等等。

其实也是自讨苦吃吧。所有卓越的呈现，都是自讨苦吃。

<3>

自从结识毕啸南后，我很认真地看了他做的几期节目。现在满屏粉饰的访谈让人厌倦，毕啸南的节目，却轻松而有深度，那种深度不是矫情，是善良而纯粹的。

“18 岁时一个人去闯湖南卫视；研究生时做戏剧；博士毕业后一个人去了趟非洲登山、跟着野生动物迁徙，那个还挺惊险的；以及放弃了央视主持人的机会，兼任财新传媒的节目总监。这几个节点，都是我当时能力远不足，却硬要挑战的。但你这么一问，又忽然发现，这些都是必然要走、早晚要走的路。根本不是什么自讨苦吃，是命格。终究是我们要走的路，要做的事。”

是不是“越过高山，主宰自己，奔向自由”？这 12 个字，去年，我字斟句酌把它定位为公司当年的主题。毕少年，鲜衣怒马，奔向自由，在既定的边界中，越飞越高。

<4>

雅克·贝汉制片了三部著名的影片:《迁徙的鸟》《微观世界》和《喜马拉雅》。这三部影片,都是在讲生命的坚韧、艰难、超越、突破。《迁徙的鸟》中铺天盖地的候鸟飞弋天空令人震撼,它们昼夜兼程,风雨无阻跨越不同的温度带给我留下深刻的印象。我尤其喜欢《喜马拉雅》,其中,喇嘛说,前面如果有两条路,如果有选择的话,就选最艰难的那条路。这是一个让人费解的答案,但是一个最干脆和坚决的选择。

分享一下,这是剧中的对话:

老村民:“你违背了神的意旨,会被逐出多波村的!”

Karma:“被逐出的应该是你们!我们靠的是自己,而不是神!”

帕桑:“爷爷,我的脚疼,明天还会疼吗?”

Tinle:“明天、后天,你的脚会越来越强壮。”

选择自讨苦吃,候鸟得以延续种群,多波人最终走出雪山。那么多艰难的进步,无论是生物性使然,还是信仰支撑,经历更多,人性更成熟总是我们追求的方向。

<5>

有时候，我深深感到，每到一个面临选择的关口时，路都有很多条。走到容易的那条路上时，总有强烈的畏惧、不安全感，因为，容易的路，都是没有进步、成长缓慢的路。而选择最难的那条路，无疑是自讨苦吃，可是，无限地接近困难，就摸清了它的脉络。

一旦走上一条最艰难的路，走上一条看上去自讨苦吃的路，去做能力暂时达不到的事情、不熟悉的事情、突破合理极限的事情、需要冒一点险的事情，度过最难熬的初始阶段后，自己开始快速成长，发现原来也没有想象的那么苦、那么难。于是不断地分享经验，激励别人，去寻找更大的挑战。这个苦功夫、笨功夫，也许就是修行吧。

一个偶然的机会，我参加了和中国最大的女子佛学院创办人、中国佛教协会副会长如瑞法师的对话访谈，有人问："人生为什么那么苦？有别人给的苦，自己给的苦。"如瑞法师说："那是菩萨在考验你的修行。"

是吧！那就这样吧，选择一条更难的路，吃到一些更难的苦，就是漫漫前行中的修行。来也是如此，去也如此！

一年踪迹一年心

和2018年相向而行，再有几天，要回头才能再见了。

这一年，不做归人，不做过客，做自己。开始复盘，开始规划，开始预期，开始新的起点。

<1>

周末，抽空看了一场话剧《网子》。不起眼的名字，演员功力不一般，一抬手一投足皆有范儿。尤其是“箱官”给“角儿”勒头，一抻一拽，讲究！第一次见，新鲜！

故事发生在梨园行。主人公秋子雪夜捡了一个婴儿，后来进入梨园行。秋子在后台打杂，收养的儿子鸣春学习武生。秋子一心想让儿子成为“角儿”，恭维青衣名角兰月芳，巴结剧社老板。为给儿子出头的机会，最后竟然为儿子参加“武生大会”，做了老板的替罪羊，入狱八年。此时，儿子已是“名角”，由于误会，儿子不认秋子，秋子不在乎，只要儿子继续成“角儿”。故事的结尾，鸣春知道了父亲的冤情，却死于日本人的轰炸。老父亲秋子抱着儿子的行头继续唱戏，不知道是戏里还是戏外。秋子说，活着就得成为“角儿”，一定要对得起“座儿”。

剧中还有一个人物，唱红青衣的兰月芳说：“要想成角儿，就得先成人！不是说教，是心声。”

多数人的活法都是这样吧。看似追求京剧艺术，其实是谋生活着；看似谋生活着，其实又是在追求京剧艺术。理想和现实常常是分不清的，你中有我，我中有你。对理想单纯地追求，不得不面对复杂的现实；对现实单纯地认知，却又向往复杂的理想。这个单纯，是被动，是执着，也是无奈；这个复杂，是预期，是憧憬，也是逆流而上。

总是说，不要忘记从哪里出发，为什么出发，其实，不是你想不想出发，而是必须出发，至于目的地根本就不是关键，而很可能你到达的目的地比你当初设定的更远！当然，这是少数人，大多数已经不清楚那个目的地了。这，无关幸福，无关过程。

你追求的憧憬虽然到了手

却在到手的一刹那间

改变了面目

茅盾的《蚀》最后一句这样说。

<2>

为培养人，安排年轻人担任助理的岗位，他们刚毕业，年轻气盛，有冲劲。不过现在的孩子，从小就不缺衣少食，是被照顾者。到工作岗位，尽管有干好的愿望，却不得其法。让他们安排工作，最简单的事情，不深入思考，经常会把你带错会议室，该拿的资料忘了，分不清轻重缓急，该办的事情没办，不该办的事情反而给办了，搞得人哭笑不得。

常常想，自己刚工作那会儿，一件事情都会思前想后，能超出老板的预期，绝不蜻蜓点水。当然也会办错事。最可笑的是，有一次和董事长去上海出差，定的虹桥机场的票，却告诉他是浦东机场。董事长宽容，并没有劈头盖脸地批评，只是自己越发觉得工作要更细致更周密。大家都明白，小事不关注，大事更糊涂。如果遇到事情总是畏难，不能理解一迈步便处处都是挑战，就不能体会取得成功的快乐。

他们在成长，你在成熟；
他们在成熟，你在变老；
他们在船上，你在摆渡；
你在船上，谁在摆渡？

受过别人的摆渡，就应该不断去摆渡更多的人；

没有捷径，只有力气用尽。

所以，我特别愿意用年轻人，1988 年出生，都已经 30 岁，95 后已经和你在一个舞台上。你所做的事情就是为他们创造更大的舞台，建造更大的船，抡起臂膀，划起船桨，驶向远方。

只要你不停地向上走

一级级楼梯就没有尽头

在你向上走的脚下

它们也在向上长

卡夫卡《律师》的结束语这样说。

<3>

记得小时候，和小伙伴在家属院后一片小树林中玩耍，不知道为什么就掉进一个深坑中。黄土松软，没有着力点，试着爬上去，无数次摔落坑底。原本可以大声呼叫的，原本可以号啕大哭的，原本可以静坐等着被人发现的，不知道为什么，脑海中是母亲的严厉，是小伙伴的嘲笑，就在坑中用手刨土，一直刨，一直刨，直到挖出一个斜坡来。

不是要去回忆，是想说，无论是多大，经历了什么，在那个时刻，最艰难的、最不愿意面对的某个片段，塑造了你的性格，记录你的成长轨迹，看似一个成长的乐趣，其实埋下了很多行为的序曲。

更重要的是，少年时无畏，也无知，成人后，心忧，所以，不必问何求。

不要数还有多少天，要对2018年挥一挥衣袖。

年底，一定要找一天，奖励那些没日没夜为理想而奋斗的同事。

年底的某一天，一定要给你的父母妻儿写一封信，用最体现心意的方式告诉他们你爱他们，不吝对他们说，爱你！

年底的某一天，一定要对你的老板说一句，谢谢你用最坚强的意志和大家一起共克时艰。

年底的某个时刻，一定要对自己说，轻松的时候，你不轻松；紧张的时候，你也不紧张；从容的时候，你有危机感；艰难的时候，你很乐观。

一年过去，一年踪迹；

一年踪迹，是春夏秋冬的描摹；

不想说话的时候，要说话；不想笑的时候，你得露出牙；凌晨走出办公室的时候，立起衣领，消失在夜色中，对隐隐约约的星眨眨眼睛，说，陪着我。

当我们把荆刺扎进胸膛时，

我们是知道的，我们是明明白白的，
然后，我们依然要这样做，
我们依然把荆刺扎进胸膛，

考琳·麦卡洛《荆棘鸟》结尾这样说。

灯灯相映 光光无碍

临近年底，事情多，睡得越来越晚，想做的事情也越来越多，想说的话也越来越多。其实不必说，自有解决的办法。

想静下来时，多读书。

所以，最近再读《华严经》，其实是不懂，不过，越是不懂，就越硬着头皮看下去。古人通达博学，很多道理，

早都想透了，总结出来，留下文字，对后人是个启示。

读到“灯灯相映，光光无碍”时，有被触动的感觉。

每个人都是一个世界，所有人共有一个世界，一个世界包括无数个世界，无数个世界就是一个世界。世界，简单说，就是时间和空间。时间、空间交织出熙熙攘攘，来来往往。

比如，重庆15条人命转眼消逝。我不想重复事件的过程。现实中皆为熙熙，皆为攘攘，都是利来，都是利往。不该打方向盘的打了方向盘，不该发飙的发了飙，不该沉默的沉默了。所以，他们错过下半生，错过整个世界。这个“利”，不是“利益”，而是“利己”。油腻妇女利己，司机被激怒后无法控制情绪也是“利己”，看客事不关己，更是“利己”。

利来利往，那一刻，世界是黯淡的，无灯无光。

我们每天感知着外界的一切，忙碌着一切，无论是目标、业绩、方向，还是友情、亲情，都是映射在内心的动力，没有一件事情是孤立的。

因为急于办成一件事情，抄近道、走后门；

因为无法满足欲望，愤懑、郁积成疾；

即使付出再多努力，也不能实现自己的想法，所以愤世嫉俗，偏激无常；

所以，心有碍，事有碍，心不静，事更不成。

有人积极奋进，顺风顺水，静水深流；

有人屡受挫折，却永不放弃，还能在攀登时，信手摘花，惬意淡然；

有人已在高峰，时刻警醒，不断学习，浑然天成；

所以，心无碍，事无碍，心也静，事也成。

不是因果，胜似因果。

一灯引千灯，我理解为：每个人都是光亮的，我们的心更明亮；如果每个人都是一束光，光与光交相辉映，世界就更明亮。

蓝洁瑛逝去。她挫折坎坷不断，大起大落，精神失常，回归社会后流年不利，不过是冥冥中，微弱的光亮被更大的黑暗吞噬。

其实中美贸易之间的那些事情，在更大的历史区间来看，只是上下数百年中的小浪花而已。中国人懂退让的哲学，懂圆通的哲学，懂有所为有所不为的哲学，所以，谁胜谁负，不是很明白了吗？

我向往：

灯映光，光映灯，灯光相映。

灯是人心，光是人心，人心遇人心。

我们不要黯淡，不要黑暗。

世界如此荒唐 为什么还这样疯狂

<1>

周六参加公司的一个小型活动——现代芭蕾舞和开心麻花团队的诗朗诵。

夜色迷离，现场美轮美奂。

有那么一阵子，觉得生活真美好啊，听诗、品茗、观舞、畅谈……其实可以就此沉浸其中。

抛弃了每天面临的焦虑、社会的矛盾、前路的艰辛，确实是短暂的愉悦。

其中，有人朗诵音乐剧《我，堂吉诃德》：

追梦，不会成真的梦，
忍受，不能承受的痛，
挑战，不可战胜的敌手，
跋涉，无人敢行的路。
游侠骑士要到世界最偏远的地方去，
闯入最困难的迷津，
争取做到常人难以做到的事情。

在草木稀少的地方顶着酷夏的炎炎烈日，
在冰天雪地的严冬冒着凛冽的寒冷；
狮子吓不住他们，
在魑魅魍魉面前他们也无所畏惧，
而是寻找它们，向它们进攻，战胜它们，
这才是游侠骑士真正重要的职责……

低下头刷手机，又看到小崔举报微信。

有点佩服他。芸芸众生，孤身奋战，敌人多得数不清，就是不低头，就是不认怂！

太多的吃瓜群众，我也是其中一个。我们确实不知道真相，所以无从判断，我判断的依据，是正义总是不惧指责，只是时间而已。

不过最好的做法是，我们即便不能抱薪暖人，也一定不落井下石。这个世界，需要小崔这样的人，敢讲话，敢批评，哪怕这个批评还需要被验证。小崔就是唐吉诃德，我从来不认为说别人像唐吉诃德是贬义，是真切的褒义，是对自我的追求，是对未知的挑战，是可爱的偏执，同时更是危险的坚持。无批评，则赞美无意义。

人人心里都有一个唐吉诃德，渴望征服世界，渴望摘下满天星。其实，他没想占有别人的世界，别人的满天星，原本那个清明的世界，那些明亮的星就应该属于他。

如果有时间，我建议大家一定认真、大声地读一读这一段，放到今天，又何尝不是逼真的写实？

<2>

如果十一期间，你没有看发哥和郭天王的《无双》，应该去补下课。

《无双》应该快下线了吧，所以可以剧透。影片中郭富城饰演的李问渴望做一个真正的画家，偏偏老天给了他高超模仿技术的天分。臆想中爱上邻居阮文，却没有追求的资本，于是就自编自演了一出警匪剧。结局是“天下没有两个人，只有李问一人”。我总结为：人无双，钱无双，技术无双，爱情也无双。

这不是传统的港剧。不想叙述剧情，不了解的去看下。李问在现实世界是个地道的失败者，却在一个隐秘的幻化中成功完成了自己的故事。影片中有句台词：“无论什么事，做到极致就是艺术家。”无论是生活还是理想。

阮文亦真亦假。

李问亦真亦假。

美金亦真亦假。

感情亦真亦假。

这个混乱的世界其实有时根本辨不清真假，活在真实的生活中，却是假钞、假药、假米、假辣椒、假油、假豆腐、假牛奶……

魔鬼占据内心，什么都可以造假；天使呵护内心，拼了一切与造假搏斗；有时，假的比真的还真，可是不要忘了，假的就是假的！

为什么我们总是面对假的人情、假的世界？因为人情难全，人欲难填。

<3>

有段时间，我一直在关注“量子纠缠，高维低维”的事情。因为未知，才可以猜测所有的可能性，哲学和科学殊途同归，大千世界破一微尘与高阶进化从来就不是独立存在的。

马斯克在不少演讲和论述中提出，人类文明与游戏一样，都是很多模拟文明的一部分。“从统计学角度看，在如此漫长的时间里，很可能存在一种文明，他们找到了非常可信的模拟方法，建立自己的多种虚拟空间只是一个时间问题。”

这样聪明的人去思考整个人类的生存问题，是否已经接近了某个真相？

还有人说，现实的生活就是某个高维度空间的映射。

我们的现实是什么？中美贸易战广泛影响了各行各业；中国房地产行业不再风光，而且加速没落，最诡异的是，股市也莫名其妙地持续下行；你所在的行业不是在焦虑就是在焦虑的途中。抑或你上班途中，突然忘记带手机，回去取的时候，发现门卡忘记带了；驾轻就熟地倒车入库时，过于自信地蹭到旁边的车；晚上想吃一碗面时，点了外卖，就这一次外卖小哥还给送到了另外一个小区。这些需要"高维"的映射吗？不需要！我们需要的只是存在、判断和行动。

不再说今天。如果今天不再存在，不再判断，不再行动，那么明天只是复制了一个今天，没有进步，没有希望。

如果这个世界本身足够荒唐，那到底什么才能算是疯狂？

活在现实中，却不向现实妥协是疯狂，而明明可以用伤痕累累的双手，触摸到明亮的星，却停止不前，才是真正的疯狂。

且造且化

<1>

如果相信任何事情都是“造化”，那么在造化中会咂摸出些味道来。

凌晨1点的时候，我实在无法从白天一堆工作的愤怒中平复自己的情绪，开车跑到三里屯24小时三联书店。

晚上能去哪里呢？

不可能什么都放下，飞到没有人能找到的地方，更不会拒回一个又一个询问的工作微信。这是个非中心的时代，要为非中心接受时间的桎梏。

有人问我：“您为什么不写写地产的趋势、走向和市场？不写写地产的产品、行销和企业管理？”我只能说：“一天15个小时拿着手术刀的医生，一定不愿意吃饭的时候，还握着手术刀冲着自己。”

微雨。

书店里居然有不少人。

一个孕妇捧着一本育儿的书籍认真地阅读，相信是对小生命无限地期待，可是她的丈夫呢？

有两个小伙子，似乎不熟悉，只是在这里碰到了，一个问：“干吗不睡觉？”另外一个回答：“宿舍里太吵了，等室友都睡了吧，我明天不上班。”

还有一个老人，坐在台阶上聚精会神，不受一点干扰，这个世界什么都和他无关。

我来做什么？请相信，不是来感伤的，而是，不管在忙什么，要保持一点独立和空间。我要求自己每周至少阅读一本书，我相信是做到了。

你以为我在说书籍，其实我是在说造化。

<2>

朋友圈的热点转移太快。每个话题不超过三天，就会被另外一个热点覆盖。

在一个群里，认识的、不认识的，对刘强东的话题已经保持了24小时的热度。

“我最好奇的是真相……”

“已经定罪啦……”

“奶茶变抹茶……”

类似于2个月前，甘肃庆阳那个跳楼女孩的事件又上演了。

“快跳啊，这天太热了……”

“能一秒解决的事情，耽误一个小时。”

有人感慨：世上有两样东西不可直视，一是太阳，二是人心。

你离不开太阳，你也不敢招惹太阳，因为太阳实在太强大。

每日面对的就是人心。人心很小，人心很复杂。

围观别人的是非祸福是人心，幸灾乐祸是人心，悲天悯人是人心，大道当行是人心，口蜜腹剑是人心。

影片《黑暗面》，把人心展示得非常清晰。女主人公贝伦为了考验男友，故意藏在单面镜的密室中观察男友。结果一时着急，把钥匙遗忘在密室外无法逃脱，更令贝伦绝望的是，她消失的几天后，男友便已经有了新欢，而且就在她眼前。男友的所作所为，暴露在一个透明又隐蔽的观察室前，所有行为经不起360度观察。

所以，不要考验人心，不要试图揣测人心。

<3>

造物主有“造化”两个字，就是为每个人度量了人心的容器。

造，是外在世界和行为的始终；化，是个动词，就是发展和变化，是指向人心的归宿。

我们都不迷信，但是没有谁能摆脱“造化”。

我经常批评员工回答问题时总是说“我以为”“我听说”……

“你确认了吗？”

“你知道前因后果？”

“你怎么判断别人是你嘴里说的那样？”

“把你自己的事情做好，把你的动作做到位，把你该完成的任务完成，把你的时间放在更重要的地方。”

“没那么多‘我以为’‘我听说’……”

白天我愤怒的原因，就是有人和我说“我以为”“我听说”……

价值观很难在一个非组织化的范围内完全统一，但是在我力所能及的范围内，我倡导“简单专注”：简单做人、专注做事。让人简单起来、事情简单起来、组织简单起来。

行为是“造”，口是“造”，语言也是“造”。

善是“化”，美是“化”，不添油加醋，也是“化”。

什么是“正道”？正言正语，就是“正道”。

其实我不是说教，也不是认为赞美才是正道，而是客观是正道。如果我们不清楚真相和客观，至少不再无底线地聒噪。

我之前写过一篇文章阐述“事实”和“观点”之间的关系，有的时候其实根本就搞不清楚事实，这时独立思考就异常重要，价值观就异常重要。

再说到《黑暗面》，整个故事告诉我们，男主人公是一个敏锐而优秀的音乐家，他一直就知道女友被困在密室中并且观察着他，也知道她无法逃出。他放任这样的局面发展，他不在乎人心，也不在乎造化。

这很可能就是当今的世道！

造化不管这些，总会直指人心，总会度量人心。

为此，我们且造且化！

如是如释 如是如负

前几天晚上回家，刚结束小升初考试的儿子熬夜看足球，进门时，正换鞋，儿子问："爸爸，什么叫'如是如释'?"

"什么?"我没明白。

"刚才巴西队补时赛，内马尔踢进球，这应该是这一届世界杯他进的第一个球。终场时，内马尔跪在球场上，不停在哭。电视下面打了四个字：如是如释。你给我解释下。"儿子说。

我停了三秒钟，脑子飞快搜索着这几个字。

"你不是刚考完试吗，有什么感觉?"我说。

"我可以自由地看足球了。没负担了。"儿子回答。

"对了。这就是这四个字的意思，如此地释放了压力。"回答完，我以为就此结束。

"不对啊。可是过几天，我就要被分到新的中学，还要分班考试。压力不就接着来了吗?"儿子接着说，神情有点黯淡。

孩子说得对！生活就是一个七日又一个七日，生活就是一个担子又一个担子，哪里来的“如是如释”？不过是片刻的欢愉、短暂的欢喜。

经常有人问我：“你累不累？”

儿子也曾小心翼翼地问过我：“爸爸，你累不累？”

我说：“有时会累。”因为总是在他面前表现得很坚强。

我从来不标榜自己为了事业所做的一切都是快乐的。我只是一直鼓励自己无论怎么坚持，背负着什么责任，都是自己愿意和必须去做的，所以，总是在一个又一个难题解决后，给自己释然的理由。

你面对的生活，根本就不是能够选择的，见过一拨人又一拨人，说完一件事情又一件事情。总是觉得这个人为什么不努力，那个人为什么做事如此不周密，于是不断地建立新的机制，完善新的流程，寻找更优秀的人才，尝试新的商业模式，推动新产品研发，等真正有属于自己的时间，大多数都是人去楼空时。

想起大学毕业后刚到北京时，住在大兴，坐 366 路公交回宿舍，是那种大长公交车。紧缩在大衣里，下车拐进小区时，在一间仅容下三四个人的小餐馆里吃一碗蛋花汤，好惬意！难道现在不是这样吗？只不过，现在是自己开车拐到光怪陆离的簋街而已。那一碗蛋花汤，瞬间让自己如此释放。

公司的半年工作总结会连续开了两天。一个项目经理讲到自己按照公司要求竣工备案的过程，那简直就是一个空战、陆地战、暗战、歼灭战的超级组合。他说：“以为今天拿了方案复函，可以松口气，其实根本就停不下来，还有无数个证件等着办。什么时候项目入伙了，什么时候才算消停。不，不对，还有几年维保等着，还有新项目又等着呢。谁让咱们干的就是这个工作呢!”

想起一个合作伙伴说的话：“一个项目要干完，基本上是在红线上喝完排列好的酒瓶子，红线的周长是多长，酒瓶子就有多少。”既是调侃，也是现实。

我们经历过的所有事情，遇到过的所有人，感受过的所有感情，全部都积淀着对外界的认知，有好有坏，有轻有重，有担负有释怀，接踵而来的新挑战、新困难、新机遇，都是我们必须经历的体验。

我经常在想，随着年龄增长、阅历厚重、经验丰富，一再以为到达了彼岸，其实，又到了此岸的起点；

在工作中每个目标的达成，每个战绩的获取，每个项目的完工，一直以为是开花结果，其实，是又种下一颗更茁壮的种子；

我们做一些好事，做绿色、可持续的事业，一直以为是利他、利社会，其实，真正是利己、完成自己的夙愿。

此岸即彼岸，种子即结果，利他即利己，所以如释才如负。

天涯不远，如是如释，如是如负，背负期望，背负远方。

过去心 现在心 未来心

最近在香港。对于我来说，这是一个身处其中却令人恍惚的城市，每次来总是一头钻进中环办公室，不断见人；离开时，又直接去了机场。除了工作，香港的一切与我无关。

这次碰到一个合作伙伴，地道的香港人。在餐厅见面，相谈甚欢。

点菜时，我说我不要猪肉。

这位朋友礼貌询问我：”鸭肉是否可以？”

我说：“没问题。”

他迟疑说：“你信佛哦？不吃素吗？”

我说我是穆斯林。

这个话题就引起来了。

朋友去参观过我们开发的社区，其中公司的顶层有一个佛堂，由此，朋友判断我是信佛。

其实，我对宗教非常敬畏，公司顶层的佛堂，是为另外一个好朋友收藏、供奉很多流失民间、海外的佛像、法器等而设立。我并不信教，但是有敬畏。

佛教有两个词，在工作和生活中，经常碰到。

觉悟

有没有觉悟？能不能觉悟？不管是神秀的渐悟，还是慧能的顿悟，不断找寻事物的本质和事情的本源，我觉得就是“觉悟”。是否找到你要的结果，不是最重要的，而真正地去“探寻”过才最重要，这就是所谓的“行动派”。

春天的夜晚，站在池塘边，水面倒映了天上皎洁的月亮。我盯着水面不觉间发呆，一天的疲惫，可以稍微喘口气真好。一阵清风拂来，湖面泛起涟漪，月亮被搅碎了。于是，抬头看月亮。小的时候，我经常幻想，清凉的月光会赐予我超人的力量。懵懂的少年，月光下的少年，是不会有这个觉悟的。经历得足够多了，无论是什么，比如活色生香，比如繁花似锦，比如人间百态，都逐渐化作内心的宁静。这种宁静，让你更专注于目标，这种宁静，净化了内心的嘈杂。

修行

我写过一篇《吃苦，就是最好的修行》。每天都是在吃苦，难道不是吗？锦衣美食，是织做耕种的苦；广厦大堂，是浇注砌筑的苦；就说现在微信、支付宝、共享单车等新四大发明，也是创业研发的苦。你享受了这些成果，是别人的苦；而你的苦，别人也在间接享受。这世界是交织在一起的，量子纠缠说的就是这个意思。

所以，我也努力觉悟。我们每天都是在修行“过去心”“现在心”“未来心”。

过去心

曾经的一刻、曾经的一段、曾经的一天、曾经的一年，任何一个时间都会成为一个过去。所有遇到的挫折、不满、痛苦、杂念，都是一念间。不能纠结，我很反感这个词，纠结，就不能摆脱，不摆脱，会影响所有的正念。都不愿意经历逆境，恐惧困境，不过该出现的一定会出现，纠结其中干什么？

现在心

这一刻、这一段、这一天、这一年、这一生，都是现在心。要什么？目标是什么？方向在哪里？创造什么价值？采取什么行动？

未来心

那一刻、那一段、那一天、那一年、那一生，未知，未知才有趣。确定的未来，注定乏味和无聊。既然未来，还未经历，一定要规划、要筹备，随时会发生变化，但是改变方法，不改变目标。不做随水飘零的枯叶，不做深山咆哮的猛虎，做一个把握趋势的行动派，创造价值的驱动器。

这是我的“三心”，但是一定是“一意”。三心不可得，我还是凡夫俗子，只能说，还在觉悟过去心、现在心、未来心的路上。

2017 年，一则报道让我思考很多。美国联邦最高法院第 17 任首席大法官约翰·罗伯茨（John Roberts），在他 16 岁儿子杰克初中毕业典礼上所做的致辞如下：

> 我希望你们在未来岁月中，不时遭遇不公对待，这样才会理解公正的价值所在。
>
> 愿你们尝到背叛滋味，这会教你们领悟忠诚之重要。
>
> 抱歉，我还希望你们时常会有孤独感，这样才不会将良朋挚友视为理所当然。
>
> 愿你们偶尔运气不佳，这样才会意识到机遇在人生中的地位，进而理解你们的成功并非命中注定，别人的失败也不是天经地义。
>
> 当你们偶尔遭遇失败时，愿你们受到对手幸灾乐祸的嘲弄，这才会让你们理解体育精神的重要性。
>
> 愿你们偶尔被人忽视，这样才能学会倾听；感受到切肤之痛，才能对别人有同情的理解。

致辞的最后，约翰·罗伯茨借用了鲍勃·迪伦的诗《永远年轻》。

“愿上帝庇佑，护你前路；愿你美梦均可成真；愿你与人为善，相互扶持；愿你建成通往群星的天梯，稳妥沿它而上；愿你永远年轻；愿你成为正直之人；愿你成就真实自我；愿你永远感知真理，看向身边无尽光明；愿你勇敢无惧，坚强可靠；愿你永远年轻，拥有纯洁之心；愿你双手永远忙碌，愿你脚步永远轻盈；在变故横生之时，愿你根基牢靠；愿你心中永远充满快乐，愿你的歌声永远嘹亮；愿你永远年轻。”

约翰·罗伯茨看似矛盾的祝福，我认为，其实是“可得”与“不可得”的边界，是“觉悟”和“不觉悟”的蹉跎，是美式的过去心、现在心和未来心。

出差香港前的两天，是儿子12岁生日。其实过去11年没有认真给他过过生日，这次没有例外。上午去公司开会，下午参加一个论坛，晚上匆匆在餐厅里和家人一起吃了一顿饭，晚上回公司准备第二天的发言。生日蛋糕也没买，因为只有孩子的妈妈喜欢吃蛋糕，那个日子的仪式感也缺失了。不过送他们回家时，每年一家人在同一个背景、以同样造型摆拍的影像是留下了。孩子很高兴，说：“爸爸，其实我许愿了，希望你每天早点回家。不过……”又补了一句，“不过我不要求你，你自己定。我不影响你的安排。”

这是少年的未来心，也是我的现在心。

未来已来，执以为真、执以为念、执以为行。继续上路！

牡丹苔花恰青春

狗年春节。

这首平淡而且雪藏百年的小诗火了。

乡村教师梁俊火了。

山里孩子小梁火了。

《苔》

清·袁枚

白日不到处，青春恰自来。

苔花如米小，也学牡丹开。

梁老师这样说：“我发现，原来我也可以做些事情，‘苔花如米小，也学牡丹开’，这就是这首诗歌的意义。在我心中，大山的孩子们也一样，找到生命的价值，等待绽放出来的时刻。我觉得这个比我们的外表重要。”

这种感同身受，我很在意也很在乎，每年组织团队走进大山，走进留守儿童的家庭。尽管做得不够，但是一直坚持，坚持最重要。

大年三十前一天，2 月 14 日，我们收到来自河南、云南等地 20 多位小朋友用稚嫩的笔触书写的感谢信，如苔花盛开，清风徐来。

尊敬的叔叔阿姨们：

你们好！

这是一封迟来的信，这里面包含着我代表全校师生对您衷心的感谢，感谢你们给我们带来了爱的背包，让我感受到了爱心无处不在。我是个怕黑的女孩儿，你们带来的手电筒给我照亮了一束温暖的光，让我在黑暗中不再一个人孤零零得害怕……

袁枚还有一首咏苔五绝：“各有心情在，随渠爱暖凉。青苔问红叶，何物是斜阳?”生命都是平等的，生活确实又是不公平的。有人争当“牡丹”，有人宁为“茶花”，还有一些生命生来就像看似微不足道的“苔花”，可是“苔花”有“苔花”的光芒，努力绽放。一生那么短，转瞬即逝，一瞬又那么长，光照一生。

所以我一直在想，我们就是万物，我们就是众生，不管是做牡丹，还是苔花，如果我们有机会能够绽放光彩，我们就绝不静寂默然。因为更多“怕黑的女孩儿”，需要温暖的光芒。

<2>

中国人有几个经久不衰而且传奇的“梦”。

南柯一梦

唐朝淳于棼嗜酒，经常摆宴饮酒作乐，和友人对饮，烂醉时，在廊下小睡。梦中有紫衣使者引领，丞相相迎，招为驸马，不觉间成婚。贵为太守，勤政爱民，把辖区管理得井井有条，国君器重，百姓爱戴，官位显赫。不料异国入侵，率兵拒敌，屡战屡败。随后，公主病故，失去官位，紫衣使者送他故里寻亲，车出大门，乡音未改。突然惊醒过来，一切如故，友人还在身边。梦中已是一辈子。

黄粱一梦

唐朝书生卢萃之，赴京赶考，途经邯郸投宿，遇到一个道士吕翁，送给他一个枕头，告诉他，睡觉时枕着这个枕头，可经历不同的境遇。店家煮黄米饭的当儿，卢生已在梦中，娶妻崔氏，高中进士，官至宰相，享不尽的荣华富贵。倏忽几十年，得病不治，马上要死时，梦醒过来，黄米饭还没蒸熟。一顿饭，又是一辈子。

庄周梦蝶

“昔者庄周梦为蝴蝶，栩栩然蝴蝶也，自喻适志与，不知周也。俄然觉，则蘧蘧然周也。不知周之梦为蝴蝶与？

蝴蝶之梦为周与？周与蝴蝶则必有分矣。此之谓物化。”

这些“梦”从哲学意义上，是体现“存在”和“思维”的辩证关系，不过，我不想讲哲学，一国梦、一家梦、一人梦，无梦想，奋斗则无意义。一直以来，都是把梦想当目标和理想。我总觉得，“梦想”就是体验实现梦想的过程。

给自己的家人做一顿早餐，回家进门的第一件事是和父母问候一声，打开电脑的字幕是“为自己加油”。

……

梦想是生活的细节，梦想是方向正确，梦想不是终极目标，而是体验。

人有三愿即岁月静好：家人平安、事业向好、不失激情。

春节就是给梦想加油的港湾，陪陪父母，看看兄弟，呵护爱情，畅谈友情。然后，全血复活，努力冲刺，全力以赴。最宝贵的是，无论什么时候，都让自己保持激情，保持好奇。管它在梦里，还是现实，每件事情都尽力做到最好，就是梦想啦。

这是我的哲学，体验哲学。

<3>

春节的时候，正好静静心，不断思考自己、团队和企业到底该走向哪里。没有深度思考的行动是盲目的，没有力量的行动是妄想。

生活中最幸运的是，站在新的起跑线前，总是能够坚定前行的信念，明确前进的使命。有的人一生只为一刻准备，有的人准备一刻却受益一生。

我们没有捷径，只有下苦功夫、硬功夫和笨功夫。从这个意义上来说，无论是牡丹的盛开，还是苔花的绽放，都是不放过岁月、不放过自己的执念。

唯独不知道

<1>

小时候喜欢看神话故事，所以对神仙图谱略知一二。《西游记》中有一个颇为可爱而且有是非观念的小妖“有来有去”，他善意的自言自语，孙悟空是听见了的，“我家大王，忒也心毒。前年要了，去年又要，今年还要，却撞个对头来了”。有来有去的可爱之处，是对陌生人毫无提防，和变化了的悟空嬉笑攀谈，全无“妖”的模样。结果被孙猴子打得“头烂血流浆迸出，皮开颈折命倾之”。虽然是杜撰，谁说世间没有那么多莫名其妙的事情呢？《大话西游》中唐僧的著名台词是：“做妖就像做人一样，要有仁慈的心，有了仁慈的心，就不再是妖，是人妖！”

唯独不知道，人而为妖，妖而为人，到底有多少？

<2>

昨天应该没有睡实。因为一件事情的决策，居然在梦里做了几种方案，而且每个方案的路径、方法、人员安排

都是在自己睡着的情况下，设计好了，似乎写在一个白板上。醒来坐在床上，揉揉眼睛，白板上的字居然浮现在眼前。好久不这样了。没有人不焦虑，焦虑的事情很多，入心的彻夜难眠，不入心的，抛之脑后，鸵鸟一样。

唯独不知道，什么样的问题可以在睡眠中找到答案？

<3>

有人问：“你是非常忙的，公司的事情很多，你在管理上又不是放养型，居然还有空写文章。什么时候写？是时间管理做得很好吧。”我不想写地产，如果想讲地产，该说的事情有多少？那么多自媒体大V天天分析每家企业，从天到地，从东到西，我还写它做甚，和别人抢饭碗吗？所以，我只是想保持独立的情绪而已。酒店等人的时候，在办公室晚上临回家的时候，飞机上不能看手机的时候，都成了写东西的好时机。我祈祷，飞机上千万别有Wi-Fi，估计有了，在飞机上写点东西的习惯也会被剥夺。不是自律的问题，而是大多数时候，你不得不看手机。我写东西很快，有些想法，转瞬即逝，不记录下来，以后再也想不起来。最痛苦的事情是，我提笔为剑，抱怨不能写，小说不能写，爱情不能写，发泄不能写。其实没有人要求我不能写，是我对自己的要求。我总是觉得，时间怎么使用都

不为过，有点空隙，就记录些过往。

唯独不知道，我什么时候才能把想写的东西写出来？

<4>

周六去通州看盘，车不知道为什么拐进一个老旧小区，没有物业，居然有个回收垃圾的。有个老人站在一栋六层楼下，吆喝："收旧家具喽！"这种场景，我已经很久没有见到了。小时候在家乡，"收破烂，收破烂……"是时常听到的。

《搭错车》的场景就浮现眼前，主题曲似乎在耳边响起：

多么熟悉的声音，
陪我多少年风和雨，
从来不需要想起，
永远也不会忘记。
没有天哪有地，
没有地哪有家，
没有家哪有你，
没有你哪有我，
……
什么时候

你再回到我身旁，
让我再和你一起唱，
酒干倘卖无，
酒干倘卖无……

唯独不知道，这大北京，明天还有酒干倘卖无？

<5>

正在办公室说着事情，窗外突然降下一个身影，着实吓了我一跳。突然想起，物业确实通知公司，这几天天气好，要清洗楼体外立面。外面的“蜘蛛人”对屋里视而不见，面无表情，举着一个喷淋，不时再掏出一个工具，把玻璃上的水擦干净，动作娴熟。大约 2 分钟，蜘蛛人消失在我的视野，降到下一个楼层，对我和他摆摆手的举动视而不见，而此时，北京正在进行着“非首都功能”的人口清理。

我唯独不知道，这个“蜘蛛人”，是不是清洗完这栋楼，也要回到自己的家乡？

即使真的孤独 也要光芒万丈

<1>

我们和乐视接触得很早，2014 年，在香港双方签订了战略合作协议，所以乐视的风格我是很清楚的。

那年带队去东四环乐视总部考察的时候，整栋楼里的人都是摩肩接踵，商谈事情的人很多，打卡要排队，进电梯要排队，会议室坐下没多久，门口就又等了一拨人。没有人关心你是谁，来干什么，来签什么合约，每个人都打了鸡血一样给你讲乐视的故事。经过这几年，是否还是这种状态，不太清楚。我相信他的内心是孤独的，今天的结果是否还是当年的初心?

光芒万丈，也许是烧灼了别人的关注。

光芒万丈，也许是前行中，无论做什么，不是全都为自己，也为别人。

<2>

今年夏天北京终于下雨了，细雨蒙蒙中，一个年轻人

披着雨衣风驰电掣骑着一辆小黄车，刹车的声音很刺耳，准备停车。车筐中放着他的背包，年轻人跨下车梁，一个趔趄，车子倒地。车子倾斜的时候，他甚至还用劲推了下车把，扯过背包，恨恨走远，留下那辆无辜的自行车躺在雨中。

一分钟后，一个微胖的小女孩，一手拿着伞，背着书包，也在这里停车。小女孩站在车旁，好像想起了什么，在书包里翻了一阵，似乎如释重负，估计是担心作业本忘记带了。我儿子经常也是这样的举动，快到学校门口，一定要看看某本书是否在书包里，画面有点小萌。小女孩准备离开，路过躺着的小黄车，走过几步，拐回来，至少是比较困难地扶起车。风大，雨伞还吹歪了，雨点打在身上，女孩子有点笨笨地支起小黄车。路过几个人，没有人帮她。我也是一个旁观者。

光芒万丈，不一定要照耀每个人，而是自带光芒，哪怕是一个孩子。

<3>

路遥离世很多年了，《平凡的世界》我是认真从头读到尾的，而且不止一遍。很多报道说，路遥得知《平凡的世界》获得第三届矛盾文学奖的时候，没有路费去北京领奖。

后来，身边的人又说，不是没有路费，而是想自己买100本送人，没有钱。不管是没有路费还是没有钱买自己的书，路遥肯定是清苦的。在甘泉县那孔窑洞闭关六年，没有亲人陪伴，没有爱情滋润，只有孤灯清影，过苦行僧一样的生活，然后重病去世。

光芒万丈，平凡的世界是用生命来祭奠的。

<4>

我的一个同事，女孩子，平时工作非常认真、执着。由于她负责的工作很重要，马上要开半年工作总结会，周二的上午，我外出回来，刚进电梯，她也匆匆低头进来。我问她，某个项目清算是否完成，能不能明天给我，我要提前看下。她犹豫了一下，沉默了大约3秒，低声说："家里有事情，明天请假了。"我回答："那算了，等你回来再给我文件，就是有点着急。"在迈出电梯的那一刻，她突然告诉我："明天一定给您发邮件过来。"我也就没有在意。

第二天，我如期收到这封邮件。

又过了几天，我在她的朋友圈看到："父亲只不过是永远睡着了。"我很震惊，后来才知道，是老人遇到意外。我没有办法问她是不是在匆匆回去的高铁上写的那份报告，还是别的什么时间。我很自责，不该说"有点着急"。

我知道，有些光芒万丈，是无法形容的。

这个世界如此斑斓，有的人，有些事的光环无法显现。

这个世界如此黯淡，即便是孤独的，有些人，有些事，总是光芒万丈。

只有读书
才能对付这个不容易的世界

很久没有去北京南城深处了。

4 月 22 日，没有在意这是一个什么日子，因为一个邀请，从东南三环分钟寺桥辅路出去，拐进一个胡同。胡同里很乱，杂货门脸鳞次栉比，小路很堵，车开得很慢。两边的人，有拉着小孩的，骑着摩托车的，推着小黄车的……

车根本就走不动。就在那时，我看到路边一个台阶上，坐着一个小哥，手里拿着本书，脸上的表情扭曲到了非常夸张的地步。然后一只手捂在眼睛上，旁若无人地哭起来，那么痛快，那么酣畅淋漓。

不知道小哥为什么哭，旁边的一个纸壳上写着“收旧手机”的红字，很刺眼，手里那本书更刺眼，没有看到书名。也许是触景生情，也许是生存维艰，也许是性情使然。

第一次看到在大太阳下，一个男生拿着一本书在哭。

这个世界，真的每个人都不容易。

政府官员，突然受到比以前严格十倍的监管；

媒体记者，想写点什么，都要思前想后；

卖菜的，凌晨3点起来上货；

做医生的，白大褂里穿个防身背心；

做家长的，忙着给孩子找学校；

当学生的，最怕老师请家长；

谁容易呢？谁都不容易……

所以，我们手里都应该有一本书。

即使一无所有，也不能辜负春光，辜负理想，辜负眼泪，辜负未来。

即使富足无匹，也不要得意忘形，更不能忘乎所以。

车开过去很久，脑海中还浮现着那个拿着书，大声哭泣的小哥。

不管真实的故事是怎么样的，我宁愿相信，手里的那本书，给了他念想，给了他希望，给他了爱情，给了他家庭。

读了书，没有什么了不起。不读书，现在似乎也没有什么大不了。

可是，我们都有多久没有读书了？不读书，天天抱着手机刷微信，难道会让人有安全感？

这个不容易的世界，确实已经没有多少时间能让我们怡然自得地去读书，但是，我们还有没有时间去问问自己是否读得懂“心灵”这本书?

“书卷多情似故人，晨昏忧乐每相亲。眼前直下三千字，胸次全无一点尘。”

生活不可能像你想象的那么好，但也不会像你想象的那么糟。

我觉得人的脆弱和坚强都超乎自己的想象。

“有时，我可能脆弱得一句话就泪流满面，有时，也发现自己咬着牙走了很长的路。”

莫泊桑《羊脂球》中这样描述这个不容易的世界，无论过了多少年，仍然是这样。

上学的时候，躲在被窝里读了很多书，大多数都已经忘了。不过，那些故事，那些知识，那些精神，都已经化作血液，和自己融为一体。书里的悲伤经历过，书里的无奈经历过，书里的亲情经历过，书里的坎坷经历过，书里的幸福经历过。

不同的片段，不同的故事，不同的情绪，不过是被不同的人不断地经历着。没有任何一种东西，能够比读一本书，更让人对未来充满希望。没有任何一种东西，能够比读一本书，更能对付这个不容易的世界。

回到公司，再看微信，才发现 4 月 22 日是世界读书日。

那个小哥，知道今天是世界读书日吗？

但愿不知道。

春意寄语之大道至简

一年之计在于春，春生夏长，秋收冬藏。一年的格调、气质，被春锁定。三分春意，二分尘土，一分流水。所以，在浅春之际，思考前方的路，有可能感受到春天别样的气息。

一个词，能够很好体现我们努力追求的格调，那就是“大道至简”。

公司要大道至简，为人也要大道至简，大道至简是不负春光的平常心，也是不急功近利的平和心。我们努力把眼光落在远处，落在遥远的山后边，山的那一边，更是风光旖旎。

有句话最近在微信中很是流行：“生活不止是眼前的苟且，还有诗和远方。”苟且就是得过且过的安逸，做企业不能安逸，做事业不能平衡，要成长不能舒服。诗是格调，远方是远景，我们的诗和远方是什么呢？也许是一览众山小的豪迈，也许是开到荼蘼花事了。

有人问，企业管理如何大道至简？我觉得，很多事情，想复杂了不行，想简单了也不行，但是，以赛代练是正道。西方讲管理科学，东方讲为人哲学，实践中既不能全部科学，也不能全部哲学，对事是科学，对人是哲学。事情是刚性的，是流程、是方法、是公式，而对人，是人性的美，是人性的丑。

《易经》有三个字。

第一个字“上”。生生不息，潺潺小溪，涓涓细流。企业前进，初闻溪水，细品蜿蜒，春之翠绿，小荷翘立。

第二个字“止”。“上”字上边竖一笔，凡事适可而止，君子之交淡如水。在公司里工作，可幼稚、可失误、可激进，但不要故意。故意，就不是“止”，也不是“度”。

第三个字“正”。“止”上再加一笔，就是“正”。“正”就是“道”。我们说一个人很上道，上道，就是上进走正道。我们都走正道，走大道，不要抄小路。小路可以加速、可以取巧，但是始终无法“上道”。

我们应该走正道，识花香，入春意。

第四章 / 不落别处

出　走

公元1082年，宋神宗元丰五年，一个不太平的年头。

宋神宗，是中国历史上众多皇帝中，想扑腾着干点事业的一位。可惜，比较短命，做皇帝只干了18年。历史上著名的“王安石变法”就在这个时期，宋神宗全力支持，不过，这次变法以王安石去职告终，过程异常扑朔迷离，留下一大堆悬案。

还有一件事情值得提一下，这一年，年轻气盛的宋神宗早已经下决心摆脱长期以来北方的西夏、辽的钳制，“我堂堂大宋，岂能被北方一隅蛮夷欺负”。于是，宋神宗修建永乐城，发动战争，西夏30万大军把大宋打得溃不成军，将领被杀，血流成河，后宋朝休养几十年才恢复元气。

我不是讲历史故事，而是想到了一个“出走”的故事。当时，王安石代表的改革派和苏轼站队的保守派，势力此消彼长，进行了很长时间的拉锯战。苏轼对王安石变法很不忿，多次上书反对，宋神宗力挺的王安石占据上风。自此，宋朝一直由文人主政的局面被打破，苏轼成为牺牲品。苏轼有自知之明，再三请求外调，离开官场的中心，得到皇帝批准后，先任杭州通判，三年后又到密州、徐州、湖州等地任知州。这个时期，接近赋闲的苏轼又给皇帝递送了一个奏折，对变法有点讽刺和揶揄，命运再次发生逆转，被贬黄州，也就是今天的黄冈。

不过，我看苏轼被贬，恰恰是他才情盛放的时期。不仅写下《前赤壁赋》和《后赤壁赋》，还写了《定风波》和《临江仙》等名作，这都是我比较喜欢的。

莫听穿林打叶声，何妨吟啸且徐行。竹杖芒鞋轻胜马，谁怕？一蓑烟雨任平生。

料峭春风吹酒醒，微冷，山头斜照却相迎。回首向来萧瑟处，归去，也无风雨也无晴。

这首词，相信大家都读过。苏轼的潜台词是，我主动出走，还不放过我，又被人诬陷，我主动走还不行，非得让我走得远远的。不过，什么大风浪，我都见过了，所以，也就不再害怕树林中的风雨，趁这个机会，放开歌喉吟唱一番不好吗？百战归来，我还是披着一件蓑衣在江湖中行走，料峭的寒意让我清醒一些，看到斜阳依旧，回首风也潇潇，雨也潇潇。不管它风雨交加还是再度放晴，我就这样了。

我们再来看另外一首《临江仙·夜饮东坡醒复醉》。

夜饮东坡醒复醉，归来仿佛三更。家童鼻息已雷鸣。敲门都不应，倚杖听江声。

长恨此身非我有，何时忘却营营。夜阑风静縠纹平。小舟从此逝，江海寄余生。

大意也是郁郁不得志，满腔家国情怀无法发泄，我就不一一解释了。写到最后，就说，唉，想那么多做甚，驾一叶扁舟，放浪形骸，不问西东，和大自然融为一体吧。

我附录以上两首苏轼词，不是为说文解字。

我认为，苏轼的出走太晚了。

成年人的出走，无非是与财富、价值观、官场、地位有关。

不过，苏轼的出走改变了人生，也改变了对世界的认知。

<2>

村上春树在《海边的卡夫卡》中，大致有这样一句话：每个人在15岁之前，最好有一次离家出走。

我大约在15岁之前，经历过一次准备离家出走的剧情。

之前我在一篇文章中写过，家乡的那些记忆，枯燥而苍白，没有少年的旺盛情绪和离经叛道的胆量，更多的是自己给自己找了很多乐趣。很多故事，得等我更老一些才能袒露，20 岁敢写的东西，现在反而不敢写了。内心中给自己的规矩也越来越多。

有一次，班级集体活动，记不清是爬山，还是植树。我就偷偷没去，在家读书。大概也是武侠小说之类的，沉迷于虚幻世界的各路兵器和离奇情节中。

然而，母亲提前下班了，质问："为什么你不去参加班级活动?"

"不想去。"

"不想去就不去了?"

"就是不想去。"

就是这么几句话惹怒了母亲。

大概是因为生活的艰辛和家务的繁重吧。

我们就争执起来了。

……

母亲说了什么，我就不敢叙述了，省得看了这篇文章，母亲嗔怒。年龄大了，母亲怎么高兴，我就怎么来，不惹老人家一点不高兴。

"那我就走！我离家出走!"我记得，我就是这么说的。

"你走，现在就走。"

就在我起身时，母亲居然搬了一个凳子，坐在门前。还是大声地喊："你现在就走！"

明明是出不去的！这一坐，估计把我因为出走而可能变成苏轼那样才华横溢的人的机会，彻底给堵住了。

结果，母亲在门前生生坐了两个小时！

我也没走成！

前面讲了那么大个恢宏历史，后边写自己成长的一个出走片段，还是一个不成功的出走片段。想说什么？

我想说，天下的"出走"，不管是大历史，还是小片段，都是一样的。

其实我特别渴望能够一个人在欧洲的某个小镇的火车站里待上一夜。

我也特别渴望，花费一周时间，用彩色的细沙制作一幅坛城，然后不费吹灰之力毁坏掉。

渴望的本质，就是身体的出走和精神的出走。

有段时间，网上有个 H5 很流行。

不到俄罗斯，你不知道，战斗的民族每个人有多能喝酒；

不到芬兰，你不知道，芬兰人大部分有社交恐惧症，排队都得隔一米；

不到智利，你不知道，火车拐个弯都很难；

……

出走，才能有新的认知，改变之前的看法。

世界五彩斑斓或者循规蹈矩，两点一线；

或者穿着鲜亮的服装，吃着精美的食品；

或者点燃雪茄，品着美酒；

或者工作日拼命工作，周日捕捉日出；

或者渴望进步，学习奋进；

或者白天挥斥方遒指点江山，夜里蜷缩在床上，怎么叫都叫不醒；

或者上天入地，或者坐地日行八万里；

时光不就是这样吗？一天是一年，一年也是一天。

<3>

约瑟夫·坎贝尔的神学著作《千面英雄》，对于英雄历险模式的描述是这样的："英雄从日常生活的世界出发，冒种种危险，进入一个超自然的神奇领域；在那神奇的领域中，和各种难以置信的有威力的超自然体相遭遇，并且取得决定性的胜利；于是英雄完成那神秘的冒险，带着能够为他的同类造福的力量归来。"

自然而然联想到《西游记》，我就不相信，孙悟空战胜佛后，还能够每日正襟危坐讲法传经。如果不是神话，孙悟空依然是那个上蹿下跳的孙悟空。

看不懂《千面英雄》没有关系。

我对它的理解就是，我们内心中渴望的“英雄”，无非就是与现实中的你开始剥离，更是一场重塑自我的精神出走。

小龙女道：“唉，哪想到虽隔一十六年，你还是跳了下来。”

小龙女道：“冥冥之中，自有天意。”

可见，这世间，很多时候，不管是出走，还是归来，还是一往情深的好。

不落别处

<1>

本来没有打算写刚刚去世的褚时健，昨天正打开电脑，新闻快报已现。

《褚时健：影响企业家的企业家》中，他说自己“一辈子都要干事情，任何情况下，只要活着，就要干事，只要有事可做，生命就有意义”。

过去几年，看各种新闻，一拨又一拨的人，企业家、媒体、仰慕者，到哀牢山“朝圣”。一段时间，褚时健似乎成为中国企业家精神的高峰。无论出发点如何，我总觉得已经不能用“意义”两个字概括，对于他来说，晚年的“不停歇”，更不是“意义”能概括得了吧。那一辈人，那样的人，无法停下来，也不会停下来。外界的熙熙攘攘与他何干？

有段采访为证：

“这么大岁数种橙子，您有没有在某天夜里辗转反侧，想过撒手不干了，休息休息？”

褚时健直摆手："从来没想过。我从小就闲不住，总得有点事情做。"

老伴儿马静芬接茬："不敢想，休息，吃什么去？"

像这样的人，有台湾王永庆、日本稻盛和夫……

有段关于参悟的典故。古时灵云禅师，参禅三十年都没能悟道，就决定不参禅，而去修行。有一年春天，他随意走在外面，看到满山桃花，色彩灼灼，一下就顿悟了。于是，立即作偈曰："三十年来寻剑客，几回落叶又抽枝。自从一见桃花后，直至如今更不疑。"

我想褚老应该就是这个精神状态了吧，经历一生磨难坎坷，成就、失误、家庭矛盾、继续上路都不重要了！无论新枝旧芽，一旦想通了某件事情，"青山原不动，浮云任去来"。

<2>

初一的时候，因为一次车祸，我卧床半年，爱看书的习惯应该也是那段时间养成的。我记得《大众电视》杂志或者从香港流转过来的一本什么杂志填补了我枯燥的生活。于是，就迷上一个台湾女星，经常出演警花，英姿飒爽！不仅收集她的画报，后来伤好了，还要去烟熏火燎的路边录像馆看她演的警匪片。很多年就这样过去了，躺在床上看过的书，挺直腰坐在硬板凳上看过的电影，已是一点一点在记忆中像埋在湿润土壤中的花瓣一样分解成一种意念。

长大以后，时常因为某个情景被触动，脑海掠过那个身影时，都会想起一首诗：“尽日寻春春不归，芒鞋踏遍陇头云。归来笑拈梅花嗅，春在枝头已十分。”

这就很好了，我总是对自己说，还没有失去感念的能力，内心还没有因为外界的嘈杂变得迟钝，只不过，不要为曾经那些触动，影响你当下的脚步就是了。

世界就是很奇妙。

一个住在公司开发项目的业主就和这位台湾女星是好友。他不太发朋友圈，所以，我并不清楚他们是好朋友。

我们也不是经常联系，奇妙就奇妙在这一点。

有一天，这个好朋友，突然给我电话，说家里来了一堆客人，请我一起聚聚。我问都是谁，然后他就说是这个人。

世上的事情，你以为是水流花落，其实是修竹引风。

你以为那些意念都已经过去，其实，在踏足的曲径边，还有不经意的美好不断呈现。

“来不来？”朋友问。

“不去了！”我回答。

我对我的回答很满意。不是每件事情都要圆满，不是每个心愿都要满足。庞蕴居士说过的，好雪片片，不落别处。既然，一个少年时的心念都落在当下，保持住就好，不再奢念更好。

<3>

唐代。惟俨大师的弟子庞蕴居士，一次云游时多个禅客送他。庞蕴与众人走出大殿，见漫天大雪，洋洋洒洒，众人都很欢喜。庞居士指着空中的雪片，不由得发出感慨："好雪片片，不落别处。"有一个禅客问道："那落在什么地方?"庞居士马上打了他一掌，禅客问："为什么要打人?"庞蕴回答："明明雪落在此处，还要问落到哪里?"

有人问我说："为什么总写一些佛系的文章，没有进取心吗?"

我很想友好地打他一巴掌，并回答他："每隔一段时间的思考，就是想让自己的进取心更坚强、更坚定。"我还没有见到"桃花的光华"，哪里来得懈怠?

有一天加班，在公司工作了五年的小伙子，问我："我觉得自己很努力，为什么总也达不到自己的目标?"

我问他："你的目标是什么？是夜里海上的灯塔？还是波涛中的浮子?"

我不想做心理辅导老师，更愿意是同行的助力者。他没有回答我，我们就埋头研究文件去了。

后来，我送了一本书给这个同事，写下感同身受的几句话：

如果质疑自己，只有一条路，就心无旁骛，下足功夫。

如果目标没有实现，只有一条路，用不同的方法再试100遍。

如果被误解，只有一条路，咬紧牙关，不用解释，到达要去的彼岸。

如果精神还没有自由，只有一条路，不断像鹰一样重新撞击岩石让自己的喙重生。

其实，哪里来的片片好雪，不落别处，无非是骤雨冰霜，打在脸上，不哭而已。

不过都是世间走一遭

这几天太郁闷。

原因现在不能说，能说的时候，估计要到退休。不发牢骚，不吐槽。没有人替你坚强，你的肩膀是用来扛的！

然后，就看到李咏癌症去世！

晚上，朋友圈铺天盖地：金庸辞世！

有太多身边的人和你交集多少次，转过身就忘却了；有多少人，从来未曾谋面，却真切地影响了你的成长。

打着手电筒躲在被窝里看《射雕英雄传》，那是少年初时的必修课；

一定用劈柴的钝刀，削出一根打狗棒，在院子里逞威风；

张牙舞爪地和小伙伴说，我乃金毛狮王……

记不清是哪一年，看林青霞饰演的东方不败甩出长发，湖中饮酒，已是潸然泪下。

我曾经的黑眸大眼，从此架上眼镜；20 年前来北京时，居然在床底下还翻出了30年前的那根打狗棒！

女神易老，依然为她心动！

看古龙，觉得侠士太遥远，手起刀落一瞬间；

读金庸，侠士在身边，就此别过，也豪情万丈！

白马啸西风！我的青春没有马，但是有西部家乡的风沙。

这么多年，有多少评论家和好事之人，试图分析金庸的“飞雪连天射白鹿，笑书神侠倚碧鸳”艺术性、思想性、文学性孰高孰低，想想金庸总是笑眯眯的表情，就知道答案了，哪里用别人去评？

不过小说武功高手的排名却为我所好：前三估计是达摩祖师、扫地僧和逍遥派祖师，虽然独孤求败、东方不败出场次数渐多，但是仍然排不上前几名，更别提张无忌、令狐冲、郭靖等。这就是江湖，高手有多高，根本不是你熟悉的那些“猪脚”；而太玄经、神照经、乾坤大挪移、黯然销魂掌，玄之又玄，武功有多深，也根本不是你能想象的。江湖，深不可测！江湖，苍白浅薄！

郭靖，知其不可为而为之，入世的伦理；

令狐冲，无为而无不为，出世的态度；

韦小宝，可为又不可为，混世的魔性。

“其时明月在天，清风吹叶，树巅乌鸦呀啊而鸣，郭襄再也忍耐不住，泪珠夺眶而出。正是：秋风清，秋月明；落叶聚还散，寒鸦栖复惊。相思相见知何日，此时此夜难为情。”

“你姓杨，我便姓柳吧。”

这两段话，很多年前我就背下来了。知道吗？不为情也难，人的一生，难的就是不能忘情。

这个老先生影响了太多人，于我，是少年时的一个侠客梦，这个梦应该会做一辈子：侠之大者，为国为民；侠之小者，为友为邻。

这个老先生，告诉我，人生百样，不要拘泥一格；亦庄亦谐，亦疯亦狂；

这个老先生，比任何人都多情，比任何人都痴情，不过都是世间走一遭吧。

写到这里，最近有个问题，大家问得比较多：“你什么时候写文章?”

我只有两个时间，飞机上，临睡前，手起，笔落，不超过40分钟，长了坚持不了，短了不能酣畅淋漓。

手中无笔，只能十指翻飞，做个提笔为剑的短梦吧。

江湖仍然是那个江湖，哪管你的死活。江湖从来就不会老，老的是你不能提起剑的手。

不落别处—293

少年 已经不是月光下的少年

<1>

AB 型血，双子座，就是有这个特点，无论多忙，总是可以换频道的。还有 15 天，2017 即逝，基本上每天处于脚打后脑勺的状态。参加各种年会、沟通、签约、总结、规划中，脑子要飞速地运转，不能麻木，不要惯性，不会偷懒。

外出返回公司途中，刷微信时，看到一则报道：台湾著名诗人余光中离世。一周前，一个特色小镇的论坛中，我还引用余光中的《乡愁》，小镇要记得住乡愁才叫小镇。

被某一类情绪支配一段时间的内心，忽然被另外一类情绪湮没。

于是，在清冷的零时，一天和又一天交接的时刻，一字一句地朗读：

酒放豪肠，七分酿成了月光

余下的三分啸成剑气

绣口一吐就半个盛唐

这时，和少年时看到这几句，心境已经完全不同。不能说它影响过我人生的走向，但是，很多年前，曾经的少年，也觉得游走天下，不在话下，幻想过自己是个剑客，是个侠士，是个英雄，仗剑走天涯又何妨？

20 年前，离开家乡时，对当初的高中同学、现在孩子他妈说过，等我一年，我来接你。一年后，她随我到了现在的城市，一待 20 年，不再是异乡。离开家乡就敢“口吐半个盛唐”，现在却已回不去，当年背剑游历四方的豪情，早已经是出离的沧桑。

无论是乡愁，还是“盛唐”，成长中某个片段和从未谋面也不会再见的诗人余光中，曾经在时间和空间的折叠中交集，同样的豪情，同样的诗意。

建议大家在嘈杂的生活空隙，再次读读余光中《听那冷冷的雨》，“前尘隔海。古屋不再。听听那冷雨”是思乡的惆怅。文中，阴郁的、隐隐的、潮湿的、空蒙的、淡淡的……很多东西在其中吧。我们在都市里遇到雨是要躲避的，微雨、细雨、烟雨、夜雨、太阳雨、骤雨……我们哪还有心境去听？这是我们的生活，我们的日常。偶尔一场雨，站在窗边，一动不动，微侧着头，仔细、小心地去“听”淅淅沥沥的雨，一直下。

余光中说，月光还是少年的月光。其实，无论逝去的他，还是曾经做梦的我，少年已经不再是月光下的少年。

<2>

还有一个诗人，汪国真，也早已经逝去了，似乎没有引起更大反响。

我不去想是否能够成功，
既然选择了远方，
便只顾风雨兼程。
我不去想能否赢得爱情，
既然钟情于玫瑰，
就勇敢地吐露真诚。
我不去想身后会不会袭来寒风冷雨，
既然目标是地平线，
留给世界的只能是背影。
我不去想未来是平坦还是泥泞，
只要热爱生命，
一切，都在意料之中。

人生苦短，
道路漫长，
我们走向并珍爱每一处风光。
我们不停地走着，
不停地走着的我们也成了一处风光。

走向远方，
从少年到青年，
从青年到老年，
我们从星星走成了夕阳。

少年的光景，平淡乏味，学校的足球场，教室后的防空洞，墙外的白桦林，更远一点的野水滩，所有成长的画面已经渐行渐远。有些人是要变的，有些人一直不变，朴树在最近一次录制《送别》时，失控到泣不成声。到了某个时间点，一首诗、一个人、一个场景、一个片段、一部电影，就顿悟了一件事情、一段情感、一个纠结、一个困惑。

别人的脆弱、别人的敏感、别人的哭泣，我们无权评点，只是告诉自己，你要坚毅，你要有韧性，你对挫折、困难要变得粗糙。

我们做过的每一件事，遇到过的每一个人，说过的每一句话都会渐行渐远；我们做过的每一件事情，遇到过的每一个人，说过的每一句话，却成为我们走向远方的一个标点，一处光芒。

我们终究不再是少年，不管我们是否读过余光中，读过汪国真，听过张国荣，听过刘德华，看过《大话西游》，还是看过《芳华》，难思量，不会忘。

是以为记。

回不去的山河 回不去的故人

5 月 31 日，分针在 23 点 59 转了一圈和时针重合的那一刻，六一儿童节到了，可是我知道，那一天再也不是我们的了。

打开贾樟柯 2015 年的电影《山河故人》，凌晨才能自虐，碾压无法安然入睡的神经。

“每个人只能陪你走一段路，迟早是要分开的。”剧中有这样一句话，我们都记住，没错的。

故事的背景是山西的“山河镇”和一群小镇青年，一曲“Go West”串起开头和结尾。

昨天：晋生、涛、梁子产生情感纠葛，涛选择了煤老板晋生，矿工梁子远走他乡。

今天：晋生和涛离婚。梁子黯然回到家乡，一句“方便吗”，屈服于命运的安排，接受涛的资助。

明天：晋生和涛的孩子到乐，一个典型的“香蕉人”，要“自由”，与和他的妈妈年龄相仿的 Mia 恋爱。

不想重复这部片子的内容，有兴趣的可以抽时间看下。贾樟柯挺有意思的，整部片子，我估计有50处以上的地方，都可以深度挖掘其隐喻。

比如冰凌时期的黄河，比如白日烟花和鞭炮，比如两次说起的钥匙，比如秧歌与蹦迪，再比如张晋生年轻和暮年的“枪”。这些符号，既是导演的智慧也是导演的卖弄。同时，不经意地把山河与故人经历的细节，不断地回放，反复提醒观众：很多东西，永远永远无法回去了。

看完影片，我居然听着循环播放的叶倩文的《珍重》睡着了。珍重，珍重什么呢?

珍重我们徜徉过的山河，珍重我们遇见过的故人。

山河，是再也回不去的故乡。无论我们的童年、少年还是青年，在那里经历了什么，成长了什么，再也回不去了。

故人，从童年开始，从记事开始，爸爸、妈妈、玩伴、发小、同学、老师……也都回不去了。

山河，就是逢年过节，即使远在千里之外，也要排除千难万难赶回去的故乡。

故人，就是有的人走在对面已经不会再相认，有的人，寒暄几句，已经无法再对话，最后只能讲一句，“多联系”。

说不清是命运的车轮步步紧逼，还是自己精心设计，每天面对大量的微信、奔波、会议、见面，仍然感到孤单。影片中梁子看到的“困兽”，难道不是自己内心的现实映射吗？

环顾四周，繁花似锦，细细琢磨，无处不荒芜。“这世界上没有什么东西，真正吸引我”。因为真正吸引我们的，似乎还是山河里的回忆，还有故人的乡音。

我们每个人每天都在面临“几何问题”“代数问题”，无论我们的内心静水深流，还是波涛汹涌，裹挟着时光，继续前行。

我们经常问自己，还留着家门的钥匙吗？那钥匙，似乎是自己为什么要出来、出来干什么、又要走向哪里的终极提示。

那个少年，面对起伏的波涛，口中喃喃：“涛，就是波浪”，可以理解为母子心灵相通，也可以理解为不惧未来的远方。

所以，越发珍重山河与故人，愈发珍重扑面而来的容不得犹豫的时光。

福尔摩斯和莫利亚蒂教授是一个人

“我把它放在我的博物馆里。”（“I have it here in my museum”）夏洛克·福尔摩斯在《蓝宝石案》中说。

“五一”期间，参访、研学欧洲，在伦敦几天行程安排异常满，不过，还是抽出中午饭的时间，来到1990年向公众开放的位于伦敦贝克街221B号的福尔摩斯博物馆。

还在上学的时候，我花在看《福尔摩斯探案全集》上的工夫一点也不比中国古典名著少。所以，对那个戴着猎鹿帽，总是离不开烟斗，穿着一身独特披风的大侦探的形象非常熟悉。这个大侦探似乎智商爆表，但是情商为零，有时很冷血，但是大部分时间又侠义得让人钦佩。一方面和警方斤斤计较而且经常揶揄某个警长，一旦有无法破解的疑难又沉浸在破案的乐趣中而且从不抢功。他几乎没有信得过的朋友，却有华生这么个“好伙伴”，尤其是华生要结婚时福尔摩斯的表现，难免让读者使用他的“推测法”，浮想联翩。

我们都曾经幻想过自己就是福尔摩斯。他就像一部精密的计算机，他看到的都是别人忽略的细节：一片没有烧干净的纸屑、一个烟头、一片手指的磨损痕迹、家具的变动，都成为他破案的线索。有的时候，他的分析根本就让人无法理解，但是我也宁愿相信是对的。之前，我经常会这样设想，假如这些能力运用在“犯罪”中，该是什么人才能抓住他？后来在书中得到了印证，福尔摩斯对华生说，他的这些能力恰好没有使用在“犯罪”中，否则会异常“巧妙”。《悟空传》中说道，“我若成佛，天下无魔鬼，我若成魔，佛奈我何?”如果佛、魔同时缠身就是麻烦事啦。

我记得，在《银色马》中，驯马师在大赛前几天离奇死亡。福尔摩斯在警方一筹莫展时，推测马是一种“非常喜欢群居的动物”。因此，驯马师不在的时候马就应该在离小镇最近的地方，果不其然，马就没有跑远。

在《血字的研究》中，福尔摩斯远远地指着一个送信人道：“他是个退伍的海军陆战队的军曹。”当华生证实后惊讶不已。福尔摩斯扬扬得意地说：“我隔着一条街就看见这个人手背上刺着一只蓝色大锚，这是海员的特征。况且他的举止又颇有军人气概，留着军人式的络腮胡子。因此，我们就可以说，他是个海军陆战队员。他的态度有些自高自大，而且带有一些发号施令的神气……根据这些情况，我就相信他当过军曹。”

……

福尔摩斯的所有故事中，最精彩、最神秘莫测的是他的死对头，号称“罪犯中的天才”的数学家莫利亚蒂教授。莫利亚蒂教授出现在《福尔摩斯探案全集》的次数不多，大数据表明是3次，但是次次惊险，次次精彩。这个教授似乎人缘很好，在众人面前很随和，饱经沧桑，目光锐利，善于在众人面前伪装自己，好像古龙小说《陆小凤传奇》里说的“隐形人”，人前人后完全不一样。他有上流社会的修养，谦和有礼，处事大方得体。同时，对所有对自己有利的机遇都伺机而动，对一切危险都保持高度警惕。相反，福尔摩斯总是表现得离群索居，对周围不屑一顾、冷漠无视，不需要别人的恭维，破案了也并不享受别人的感恩。

在《最后一案》中，福尔摩斯对莫利亚蒂教授这个对手异常重视，他们斗智斗法，旗鼓相当。所以，福尔摩斯对华生说：“如果我能为社会除掉莫利亚蒂这个祸害，那么，我情愿结束我的侦探生涯。我可以说，我完全没有虚度此生。如果我生命的旅程到今夜为止，我也可以问心无愧地视死如归。由于我的存在，伦敦的空气得以清新。在我办的一千多件案子里，我相信，我从未把我的力量用错了地方。”

直到和莫利亚蒂教授直接对话时，他仍然坚定地说：“如果能保证毁灭你，那么，为了社会的利益，即使和你同归于尽，我也心甘情愿。”

我一直在想，福尔摩斯为什么总是对莫利亚蒂教授如临大敌？总是强调要毁灭、视死如归？是没有把握完胜对手，还是另有蹊跷？

别看福尔摩斯说的是要毁灭莫利亚蒂，我却觉得他是在不断暗示自己的内心。尽管书中活灵活现地描写了所谓“莫利亚蒂”这个人，但是，我总猜测这个教授不是真实存在的，华生都屡次讲，是不是真有这个人存在？华生在书中这样说：“我开始害怕这种无所事事的时期，因为经验告诉我，我同伴的大脑异常活跃，如果不给它什么东西琢磨是很危险的。我多年来渐渐让他远离了这种一度威胁到他杰出职业生涯的疯狂药物。现在我知道，正常情况下他不再渴望这种人为的刺激物，但是我也非常清楚，撒旦并没有死去，不过是睡着了……”

撒旦是什么呢？应该是福尔摩斯自己吧。他在他的领域中太厉害了，他没有对手，他真正的对手就是自己。

我大胆猜测，莫利亚蒂就是福尔摩斯黑暗人格的另外一面。根据福尔摩斯所有的表现，估计他是 AB 型血、双子座。我在书中没有找到福尔摩斯的具体血型，不过，如果说福尔摩斯具有典型的、高智商的分裂性人格，几乎所有人都认可。没有敌手的时候，对于福尔摩斯这样根本就不能闲下来的人来说，是绝对的孤独和寂寞。所以，福尔摩斯说，没有莫利亚蒂的伦敦，是寂寞的，有点独孤求败的味道。

《射雕英雄传》的老顽童被黄药师困在桃花岛时，练就了“左右互搏拳”，可是老顽童心性太单纯了，只是为了打发时间。而心魔是无法打发的，更何况福尔摩斯还是个瘾君子。华生曾记录过，福尔摩斯整整三个月每天注射三次可卡因，胳膊和手腕处布满了数不清的针眼。我相信大家都发现一个奇妙之处，在原著中，华生并没有确认见过莫利亚蒂。《最后一案》的结局，也是华生猜测，而并不是亲眼所见：福尔摩斯和莫利亚蒂打斗，双方抱着彼此摔入谷底。后来电影演绎时，还蕴含了其他含义，具有三角关系的暧昧暗示。

所以，我猜测，福尔摩斯破案历程中，经常和所谓的“另外一个人”在斗争。随着破案数量的增加，没有什么不在他的破案能力范围之内时，“另外一个人”就一直撺掇着要战胜所谓的“规则”和“正义”。这股力量越来越强，福尔摩斯索性杜撰了一个旗鼓相当的对手和自己博弈，分出胜负；分不出胜负，就同归于尽。“另外一个人”就是他

自己！以福尔摩斯的智商，一定要在自己最强的“另外一股黑暗人格力量”战胜“原来那个自己”时，先毁灭了它和它的代言人——“莫利亚蒂”。而在华生出现前，迅速跌入悬崖，也体现福尔摩斯富有人情的一面。与此同时，我们跳出故事本身来看，作者柯南道尔在塑造我们这位大侦探时，感到“越来越厌倦这样的生活”，所以总是要找个人，让故事有个结局，就是要福尔摩斯意外死亡。这就是我推测的真相。当然，后来柯南道尔禁不住读者的压力，让福尔摩斯复活，或者写了些“前传”，那是另外一个话题了。

高智商、自恋、孤独、分裂性人格、瘾君子，臆想型的 AB 型，这些标签，似乎可以证明我正确推测的可能性还是比较大的。

各位看客，10 个小时的时差，回到国内就要见一拨客人，是很辛苦的。在飞机上，匆匆把少年时的疑问和身临福尔摩斯博物馆的推测撰写成一段文字，不必较真，不必考究，大家看看便罢。

骑马少年自逍遥

2017 年 4 月 27 日，飞往伦敦研学，没有 Wi－Fi，手机关机，无微信之扰。认真地看了一部只有几个演员的电影《山那边有匹马》，其实原著的名字更触动人心——《骑士少年的歌声》。

故事讲的是，艾美老师来到贵州大山深处水族的学校里做志愿者，学生潘攀总是骑着一匹红鬃马来上学。潘攀爱马的举动和少年忧郁的模样，让艾美老师格外关注这个学生。

原来潘攀出生时，妈妈难产去世，爸爸送妻子去医院途中遇车祸罹难。潘攀和爷爷相依为命，和那匹红鬃马相伴成长，红鬃马似乎成了潘攀的妈妈。

爷爷为了还债背着潘攀把马给卖了，潘攀在寻找马的山路上摔伤。艾美懂得潘攀的幼小心灵，想尽办法帮助潘攀去找马。

后来得知，当地一个矿主的父亲刚刚去世，要按照水族的传统，杀马祭祀，准备杀的那匹马正好是潘攀爷爷卖出去的那匹。

艾美老师和潘攀赶到现场，希望要回红鬃马，矿主当然不同意。半夜，艾美和潘攀去偷马。矿主的人抓住了他们，准备报案的时候，艾美叙述了自己到山里做志愿者的初衷：她的丈夫就是从这个大山走出去打拼的水族人，为了救人牺牲了。她自己回到大山里，完成丈夫的遗愿。

矿主居然第二天把马还给了艾美老师。影片到这里，就平静结束了。

整个片子不是靠台词推进剧情发展，台词很少而且恰到好处，故事通过贵州怎雷村寨原生态的唯美镜头和几个演员恬淡的本色出演而不落痕迹地进行。

影片确实很平淡，估计这部电影上座率不高。下了飞机，我在豆瓣查了一下，果然也只有 6.8 的分值。

应该不会有大批人去电影院追捧这部带着点导演文艺情怀的片子。

不过，总是会有人看懂的。

艾美老师找马的过程，就是一个见自己、见天地、见众生的过程。仔细琢磨，潘攀正是艾美心中的“骑马少年”啊。在找马的历程中，他们见到自己，见到天地，见到众生。

艾美老师和潘攀为师生情谊、母子情谊，情感真挚本色。现代都市生活不断侵蚀原生态的古寨，挖矿、杀马，传统和现代价值观的碰撞与嬗变。矿主改变主意，把马还给潘攀，人性的善被另外的善点亮。

我们又何尝不是呢？

每个人都有一颗“骑马追风”的野心啊。

无论是生活还是工作，始终是“在路上”，所以：

“见自己”。看不清楚自己想要什么，不知道自己的底线是什么，不知道自己几斤几两，就始终见不到自己。清楚自己努力的方向，不断进步，接纳自己的缺点，不断强化自己的优点，做一个真实的自己，做一个善良的自己，就见到了自己。

“见天地”。对事业有敬畏，做事有自律，不能只见自己，不见别人。知道天外有天，人外有人，有收敛，有从容，有边界。

“见众生”。外面的世界更大更精彩，知道自己微不足道，对每件事情全力以赴，珍惜过好每一天，在学习中成长。对父母报以更大的孝顺，对爱人报以更大的关爱，对师长报以更大的感恩，对敌人报以谅解的宽容，不断获得内心的平静，就是见到了众生。

年少不惧江湖老，骑马追风自逍遥。

三千蛾眉一惊鸿

初五那天，迎接财神爷，开工前，有些感念，一篇《风雨不欺少年郎》发在公众号上。后来有朋友问我：“为什么是少年郎呢?”其实，讲的是达到彼岸的发心，和性别无关。

少年郎，志向；

美娇娘，芬芳。

最近热播的《中国诗词大会》，女选手居多，王若西当面赞美主持人董卿那段，唤起了人们心中对中国诗词之美的觉醒。她引用张潮的《幽梦影》：“所谓美人者，以花为貌，以鸟为声，以月为神，以柳为态，以玉为骨，以冰雪为肤，以秋水为姿，以诗词为心，吾无间然矣。”

所以，少年郎的另一半，不一定倾城，但是一定要有芬芳，气质的芬芳、人性的芬芳。

我们读过李清照：

薄雾浓云愁永昼，瑞脑销金兽。佳节又重阳，玉枕纱厨，半夜凉初透。

东篱把酒黄昏后，有暗香盈袖。莫道不销魂，帘卷西风，人比黄花瘦。

我们读过林徽因：

我说你是人间的四月天；
笑响点亮了四面风；轻灵
在春的光艳中交舞着变。

你是四月早天里的云烟，
黄昏吹着风的软，星子在
无意中闪，细雨点洒在花前。

那轻，那娉婷，你是，鲜妍
百花的冠冕你戴着，你是
天真，庄严，你是夜夜的月圆。

雪化后那片鹅黄，你像；新鲜
初放芽的绿，你是；柔嫩喜悦
水光浮动着你梦期待中白莲。

你是一树一树的花开，是燕

在梁间呢喃，——你是爱，是暖，

是希望，你是人间的四月天。

我们读过张爱玲：

也许每一个男子全都有过这样的两个女人，至少两个。娶了红玫瑰，久而久之，红的变了墙上的一抹蚊子血，白的还是床前明月光；娶了白玫瑰，白的便是衣服上的一粒饭黏子，红的却是心口上的一颗朱砂痣。

我们读过冰心：

炉火的微光渐渐地暗了下去，外面变黑了。我站起来要走，她拉住我，一面极其敏捷地拿过穿着麻线的大针，把那小橘碗四周相对地穿起来，像一个小筐似的，用一根小竹棍挑着，又从窗台上拿了一段短短的蜡头，放在里面点起来，递给我说：“天黑了，路滑，这盏小橘灯照你上山吧！”

我们读过杨绛：

我曾做过一个小梦，怪他一声不响地忽然走了。他现在故意慢慢走，让我一程一程送，尽量多聚聚，把一个小梦拉成一个万里长梦。这我愿意。送一程，说一声再见，又能见到一面。离别拉得长，是增加痛苦还是减少痛苦呢？我算不清。但是我陪他走的愈远，愈怕从此不见。

我们读过三毛：

不要问我从哪里来，我的故乡在远方，为什么流浪，流浪远方。

如果手里捏着属于自己的泥土，看见青禾在晴空下微风里缓缓生长，算计着一年的收获，那份踏实的心情，才是余生最好的答案。

既然少年郎，志在远方；美娇娘，就会绽放芬芳。

弯弓征战作男儿，梦里曾经与画眉。

灿若夏花，静似幽兰，亦娴亦静，红颜芳华，也同样是生活中不可缺少的一部分。

征战已然开始，不管是少年郎，还是美娇娘，都正与时光赛跑，与四季共冷暖。

不辜负，三千蛾眉一惊鸿，只是一片冰心在玉壶。

每个人心里都住着一个“妖”

周日下午，小范围地看片。沙发舒服，可以放倒，有哈根达斯冰激凌，片子叫作《我不是潘金莲》，主演范冰冰。

我只看过范冰冰另外一部片子《观音山》。

那一部演得真好，尤其是张艾嘉。

看之前，以为是另外一部《秋菊打官司》，其实不是。秋菊是真有要说法的事由。李雪莲是个黑色幽默，原来想和丈夫要二胎，假离婚，结果弄假成真。

李雪莲层层上访，就是要复婚再离婚。后来就成了告法院院长、告县长、告市长，最后告到北京去了。层层牵扯后，该免的免，该处理的处理。若干年后，丈夫意外出车祸死了。

“一个人撒米，一千个人在后边拾，也还是拾不过来的。”刘震云在这本书的前面就写了这句话。

如果非说这个电影反映了什么，可能就是每个人心中的那个“妖”。

那个“妖”，本来是要个“说法”的，应该向丈夫要，变成了向各种不相关的人去要，把所有人都牵扯进去，最后也不知道当初为什么要“说法”了；

那个“妖”，自己有怨气，总觉得全世界的人都欠自己的，怨着怨着，就觉得其中很有乐趣，要不，牛都可以阻止告状；

那个“妖”，有自己一套评价标准，别人和自己不一样，那别人都是坏人；

那个“妖”，既然已经成为了这个世界的中心，那就始终成为中心，别人都得时刻关注自己。一不关注，马上又得折腾出事情来，让别人关注；

那个“妖”，送点腊肉想实现自己的私欲，一旦不成，马上拿出来成为别人贪赃枉法的证据。

这个“妖”，就是人性中的“私”字。

所以，王公道怕丢官，法院庭长主动“为组织分忧”，承包果园的范伟让李雪莲去隔壁果园上吊。不是每个人的“私”，都能像李雪莲搞出这么大动静。

后来，李雪莲在北京站旁边开了一个牛骨汤馆，那么多年过去了，“妖”也不“妖”了。

<1>

想起前几天，公司接待一个业主，一定要见公司的负责人。仔细一问，小区里开了一家餐厅，正值雾霾天，他来公司投诉物业的人不作为，理由是，社区的餐厅加重小区的雾霾。

餐厅什么手续都是合法的，大多数业主也是满意的。所以，“加重社区雾霾”这个奇怪的理由就出现了。后来再一询问，原来业主在餐厅就餐，不满意菜品，起了争执，然后就不依不饶地到处去闹。

<2>

也是前几天，参加一个论坛，行业的所谓“大咖”做主持人。大咖的公司已经在激烈的市场竞争中卖掉了，可是，好为人师的大咖自我优越感一点也没消减，一场论坛一个小时，自己絮叨了45分钟，快结束了才想起自己是主持人，最可笑的是半遮半掩地说自己见过特朗普。

哎！

<3>

遇到一个拆迁项目，就剩最后一户人家，主人把90岁

的老娘放屋子里索要根本不合理的补偿。

……

身边的例子太多了。

那一只小“妖”，时不时就冒出来捣下乱。

妖有妖性，是哪种妖？是否有解？

我觉得，这个“妖”是有解的，看看这部片子中那个被免了官，回湖南自己跑生意的史县长。挺豁达，见到李雪莲，还清风释然地搭，说自己过得还可以。

遇到事情了，总是要迈过去的。

迈过去，这件事情的“妖”就消失了。

下次“妖”来的时候，还是要想办法迈过去。

夜读《罗生门》

临睡觉前，随手在案头抽出一本书，是《罗生门》。好久未读芥川龙之介的作品，其实不愿意看芥川的小说，妙也芥川，毒也芥川！翻几页就觉得是自己思想上变着花样作死而已。

《罗生门》是芥川龙之介从日本佛教打机锋故事中演绎出来的。

讲的是民不聊生的时代，一个仆役为了生存，正巧在一个叫做罗生门的地方躲雨。开始还有一点点善念，为求生存，到底做“小恶”活下去还是做“大恶”活下去，内心还有挣扎。

结果，他看到一个衣衫褴褛的老太婆，正在从一个年轻女子尸体的头上一根一根地拔头发。不知出于什么念头，仆役居然去制止这个老太婆，觉得她太没有人性了，对死尸也不放过。老太婆打不过他，说，她不过想用死人的头发来重新制作假发换点吃的而已。

她甚至解释说，这个死去的女人，也不是什么好人，活着的时候曾经用蛇干当作鱼干骗人，如果她活着，还在继续骗人。死后被利用一下，也没有什么，都是为生存。

这些话彻底击破了仆役残存的一点点善良，他扒光了老太婆身上的衣服，从此不知去向。

《罗生门》在日本文学史上的地位是很高的，阴郁、灰暗，是芥川龙之介一贯的笔法，乌鸦的死尸、骨肉如柴的老妪、极其潮湿的空间，弥漫着腐烂的气息。

芥川龙之介最后是自杀的，大概与他内心的纠结，价值观的错综，以及生活的复杂很有关系。所以，外在环境不断变化的时候，伦理的拷问就凸现出来了。

我觉得，《罗生门》至少表达了几重意思：1. 人都是利己的，每个人都有利己和利他的两重性，绝大多数人利己多一些。2. 一旦利己多一些，就会不自觉地把责任推给环境和外部因素，强调外界因素，比如环境、他人而使得自己更利己和自私。3. 人们产生利己行为的时候，这个行为可能是在道德范畴内的，也有可能是道德范畴外的，可能是法律允许的，也可能已经超越法律。采取这个行动时，人是十分脆弱的，一个小小的动因就会付诸行动。4. 这篇小说，可能还隐藏着一种寓意：利己主义并不可怕，利己就是人性，是可以反省的，但有的人反省，有的人不反省。这几

个观点，是我读《罗生门》后形成的，和“人性皆恶”没有关系，和“最大的地狱是人间”这样的论调也没有关系。

写到这里，有个小插曲。公司同事正在纽约考察，他在朋友圈里讲道：“美国大选后，游行的人太多，市区交通瘫痪，只能靠腿走……”

又有美国朋友在脸书上写：有学校把白人、黑人、黄种人喝水的地方分开了……有学校的孩子成群欺负墨西哥的孩子……

不谈政治，不谈制度，也不谈什么民主，单从美国朋友发过来的照片中，可以感到，罗生门再现了。当然，这不是一个破败的美国，而是一个全世界最强大、最繁荣的国家。罗生门不一定意味着战争、颓废，而是一种意象而已，什么场景都有可能成为罗生门。

这是一种人性的无意识。罗生门在社会的大场景下，演变出了各种版本。

多年前，小悦悦冤死的那一幕，是罗生门。

罗生门的“门”里、“门”外的界限不是那么清晰，但是“门”里和“门”外却有不同的情景。即便在《罗生门》的小说中，“门”里还有一点点安全感，到了“门”外，什么都看不见了，只有夜色。这扇“门”，应该是人性反省的那个边界。

白发魔男 他的城

今年公司在苏州接连拿了几块地，每次都匆匆忙忙因公务而过，借公司在江苏召开战略研讨会期间，为一解我对苏州的百般好奇，找了一个苏州原住民。他说，探究一下伍子胥，就大概了解了苏州，这是最简单的方法。在苏州，有那么多和伍子胥有关的地方，比如胥口、胥江、胥山、胥溪、胥门、胥园……其实，我对伍子胥并不陌生，大约 10 岁的时候，偷偷躲在被窝里打着手电筒看过他的长篇传奇，只是时间久远，已经不能完整地叙述那段故事。

不过，后来看到梁羽生《白发魔女传》，总觉得一定是伍子胥带来的灵感。伍子胥昭关一夜白头的千年典故，想必是真有其事。

恍惚间，2500 年前多少江湖多少烟雨，一个爱恨分明、棱角尖锐的大丈夫形象缓缓从历史中走来。

伍子胥的悲剧似乎从一个女人开始，按道理，太子娶妻和太子师傅的儿子有什么关系？谁让楚平王对太子将要迎进门的漂亮媳妇起了色心？老爸伍奢是太子的师傅，于是，伍子胥躺着就中枪了。老爸、兄长被杀，作为儿子和弟弟，是要报仇的，更何况是胸怀家国情仇血性的伍子胥。从此，楚人不楚，逃窜宋、郑，命运多舛，在昭关江边一夜白头。

芦苇荡边上，遇到渔夫的那个片段流传千古："日已夕兮，予心忧悲；月已驰兮，何不渡为？事寝急兮，当奈何？"至今武昌东北通淮门外，有解剑亭，便是当年伍子胥解剑赠渔父的地方。渔夫舍生取义，在历史的浩渺中任人评说。

数年后，伍子胥带吴兵伐楚，雪耻之日，将在楚宫内缴获的千金投入溪中。这可能是"千金小姐"说法的来由。据说黄金豆在后世清明节，居然被人捡到不少，现在还有几颗珍藏在镇江一个博物馆中。不知是历史的昭示，还是偶然的幸运。

正是经历了这些，伍子胥辅助吴王阖闾，联袂军事家孙武出兵楚国，五战五胜，一直杀到楚国的首都郢都。伍子胥找不到昭王，就掘开当年杀父戮兄楚平王的坟墓，鞭尸三百。三百下，这得多好的体力和多深的仇恨啊，好个心胸狭窄、违背伦理的伍子胥！

伍子胥一生中浓墨重彩的一笔，就是建造了苏州城。

前文我提到的朋友，那个苏州原住民一再说，没有伍子胥，就没有苏州城。难道是他定义的吗？肯定不是！是历史定义的！

公元前514年，伍子胥谏言吴王阖闾“相土尝水，象天法地”建造了阖闾大城，即今天苏州城的原型。伍子胥依据风水，天有八风，设八道城门，并开了八道水门，从此从“地利”的角度成就了吴王阖闾的霸业。

阖闾死后，夫差继位并打败了越国，越王勾践投降。伍子胥认为应一举消灭越国杀了勾践，夫差为身边宠臣伯嚭所谗，妇人之仁，为勾践卧薪尝胆换来翻牌的机会。伍子胥作为军事家，是有预见性的，他认为吴国终会被越国所亡，趁出使齐国之际，把儿子托付给齐国的鲍牧，伯嚭乘机诬陷伍子胥有谋反之心。

夫差便赐死伍子胥，赠剑令他自尽。伍子胥临死说：“必树吾墓上以梓，令可以为器；而抉吾眼县吴东门之上，以观越寇之入灭吴也！”吴王夫差把伍子胥的尸体弃于江中，吴人哀怜他，为其在江上立祠，命名为胥山。

再后来，勾践起兵，夫差兵败，自杀。临死前，他叹口气说：“吾悔不用子胥之言，自令陷此。”

自此，混乱的春秋大幕落下，伍子胥激愤的眼睛缓缓闭上。

数不完的春秋、道不尽的纷纭，很难用准确的语言去描述伍子胥。我总觉得伍子胥是一个活生生的大丈夫，是一个血性十足的男人。爱君王，爱得忠贞；恨仇人，恨得天昏地暗；逃生时，不舍妻子离别魂；为达成目标，忍辱负重，报仇不惜违背常理；才高八斗，能屈能伸；感恩曾经救过他的人，舍得千金；疑心重，激将救他的人舍生取义；生在乱世，死得癫狂。

已经无法体会，伍子胥当年狼狈时的颠沛流离，复仇时的豪情云天；2500 年够长，足以让事实被演绎万千遍。只有一句话：如果历史一路逶迤了 2500 年，还在流传着他的城、他的门、他的园、他的山、他的江，那还用得着管那么多是非黑白吗？八千里路云和月，两千余年的伍相和穿越历史的眼。

悟空 英雄不问出处

半夜回到家里，打开电视，居然有个台在播放老版《西游记》。没得说，从那一版后，所有有关《西游记》题材的电影、电视，我只看过《大话西游》。

主角永远是悟空。顿悟就空了吗？还是空了才顿悟？

其实，仔细研读《西游记》，可以得出一个结论：《西游记》就是人的一生。唐僧是“佛”，悟空是“神”，白龙马是“仙”，猪八戒是“魔”，沙和尚是“妖”。

他们师徒五人合体就是人！

因为人的一生，或者说“人”就是佛、神、仙、魔、妖的合体！我以为：

“佛”是“彼岸花”，是我们一生的追求；

“神”是“意志”和“精神”，是我们的主观意识；

“仙”是“选择”，前行的路上总是在选择中脆弱和坚强，所以，大罗金仙只是梦想；

魔”是“业障”，总有不可言状的阴暗；

“妖”是“向”，这是个“姿势”，我们总是摆出各种“姿势”“姿态”面对生活。

佛

佛是过来人，人是未来佛。佛要“六度”：布施、持戒、忍辱、精进、禅定、般若。所以，唐僧，一路要“财布施”“无畏施”，善心对人；一路要“法布施”，用自己的领悟帮助别人；一路上守规矩，守承诺；一路上不怨不怒，心自安之；一路上学无止境，乐善好施；一路上，清心寡欲，虽然也遇到诱惑，但是自律性极强；一路上历练世故，圆通万事。人的一生最高的追求也是要“六度”到彼岸的。“彼岸花”是觉悟的人的终极追求。

神

女娲、共工、祝融都是先天自然之神，悟空不是先天之神，他是没有肉身的，是石头汲取天地之灵气修炼成神。神从某种程度来说，就是心，心之所向，说谁是神，谁就是神，可能代表着某种随心所欲，代表着人的欲望。心是否能够被自己驾驭，决定自己能否成为神。悟空就是驾驭了自己的心的神。我以为悟空不是佛，虽然后来封了“斗战胜佛”，但是只有虚名，本质上还是一个意志和精神非常丰富的神。所以，逃不出“贪、嗔、痴、慢、疑”，神还是要不断精进，要不断磨炼意志和修为精神。

仙

仙是中国人最普遍接受的一种修行。“仙”是有品的，有大罗金仙，有地仙，有人仙，还有鬼仙。仙的品最多，所以仙是选择，不断选择生命中的各种场景。

魔

魔是人一生品性中，最不可控的东西。就算是佛，也有魔的一部分。心魔，每个人都有；心生，种种魔生；心灭，种种魔灭。所以，修行高的人，见魔杀魔，修行不够的人，佛奈其何？修行不够，佛、神、仙都有可能成魔。难安是心神，难去是心魔。

妖

妖是有超能力的非神非仙非人非鬼的合成体。上不成人，下不成魔，脆弱而摇摆的人性。植物、动物、各种形态的物质都有可能修炼成妖，所以妖就是变化可能的“姿势”或者“姿态”。

其实，细细品味下《西游记》。

“佛”要考验你。比如以观音菩萨为代表的佛，要想摘到彼岸花，先戴上紧箍咒，再破鲤鱼精，比如文末的空白真经。

“神”要磨砺你的意志和精神。要过“玄英洞受苦”太上老君的青牛童子关；要收复文殊菩萨的坐骑、托塔李天王的干女儿。

“仙”要出现在你的生命中。

各种地仙、人仙，包括杏仙、桃仙也要在修行自己的时候，和你有交集，哪怕你无辜伤害了它。

“魔”无处不在。“西梁国留婚”和“天竺国招婚”中，西梁女国要把唐僧留下当皇帝，女儿国的诱惑让人心旌神摇，还有那个对尘世生活恋恋不舍的猪八戒的心魔。

“妖”制造的“难”最多。九九八十一难中约有六十几“难”是妖制造的。虎力大仙、鹿力大仙、羊力大仙不是大仙，是妖。琵琶精、玉面狐狸、九头虫、巨蟒怪、蜘蛛精等等，是不是我们生命中看似不然其实必然的各种“姿态”“姿势”？

夜观天象，悟空！永远不会悟空！

三千白果

22岁前，笔耕不辍，发表百万余字文章于当年各类文学、青年类期刊；

22岁后，投笔从商，植根地产，向阳而生，现为港股上市地产公司执行董事、总裁。

近年，工作之余，寄情公众号：三千白果。